Oetinger

Anna Böhm ist 1975 in Berlin geboren, wo sie noch immer mit ihrer Familie lebt. Sie war am Theater tätig, studierte Drehbuch und arbeitet seither als Autorin. Für Deutschlandradio Kultur hat sie zahlreiche Hörspiele und Kindergeschichten geschrieben. Nach den Reihen *Emmi & Einschwein* und *Die Tierpolizei* widmet sich Anna jetzt den niedlichen Weihnachtswesen, denn Anna liebt Weihnachten. Allerdings gibt es auch in ihrer (großen) Familie mehrere Weihnachtswesen, die nicht immer einer Meinung sind.

Friederike Ablang, 1977 in Berlin geboren, studierte in Großbritannien und Deutschland Fotografie und Gestaltung. An der Kunsthochschule Berlin Weißensee machte sie 2004 brav ihr Diplom und arbeitet seitdem als freie Illustratorin. Friederike lebt mit ihrer Familie, einer Katze und vielen Wollmäusen in Berlin.

ANNA BÖHM

FROHBOLD und Schneesine

Mit Illustrationen von
Friederike Ablang

Verlag Friedrich Oetinger · Hamburg

Mehr von Anna Böhm bei Oetinger

Die Tierpolizei: Kommissare mit Fell und Feder

Die Tierpolizei: Mach nicht so ’ne Welle

Die Tierpolizei: Ohren hoch oder es knallt!

Die Tierpolizei: Das könnt ihr euch abschminken!

Emmi & Einschwein: Einhorn kann jeder!

Emmi & Einschwein: Im Herzen ein Held!

Emmi & Einschwein: Ganz vorn mit Horn!

Emmi & Einschwein: Kein Weihnachten ohne Puddingschuhe!

Emmi & Einschwein: Ein Fall für Sherlock Horn

climatePartner 18652-2212-1001 Klimaneutral

MIX Papier | Fördert gute Waldnutzung FSC® C014496

1. Auflage

vermittelt durch die Literarische Agentur Kossack

Druck und Bindung: GGP Media GmbH,
Karl-Marx-Straße 24, 07381 Pößneck, Deutschland
Printed 2023
ISBN 978-3-7512-0360-9

www.oetinger.de

Inhaltsverzeichnis

Wer liebt Weihnachten?

Ich. Und mein Papa.

Außerdem habe ich eine besondere, sehr weihnachtliche Gabe, aber das weiß mein Papa nicht. Es gibt nur zwei Menschen auf der Welt mit dieser Gabe, und ich bin einer davon. Ich muss dazusagen, dass ich nicht mit dieser Gabe geboren wurde. Ich habe sie letztes Jahr erst erhalten, in der Vorweihnachtszeit. Das Ganze fing mit den Klebkuchen an, dann kamen die Kalender und die falsche Entschuldigung. Na ja, und natürlich der Zauberblitz.

Jetzt steht wieder ein Weihnachten vor der Tür, und wir sind etwas klüger. Nicht viel klüger, aber immerhin ein bisschen. Jedenfalls werden wir die wilden, schlimmen und fiesen Sachen, die wir letztes Jahr angestellt haben, auf keinen Fall nochmal machen. Weil man wilde, schlimme und fiese Sachen nämlich nur schwer geradebiegen kann. Das haben wir letztes Weihnachten gelernt. Allerdings ... vielleicht sollten wir ein paar von den witzigen Sachen noch mal anstellen?

Tja, was müsst ihr noch wissen? Ich bin elf Jahre alt, letztes Jahr war ich zehn, ist ja logisch. Ich bin nicht so gut in der Schule, aber das liegt an den Lehrern und nicht an mir. Ich heiße Lolika, und mein Papa und ich haben immer sehr schön zusammengewohnt. ZU ZWEIT. Bloß im letzten Jahr hat sich mein Papa in eine neue Frau verliebt. Richtig dolle verknallt. Er war davon komplett begeistert. Ich allerdings nicht, denn Papa und ich hatten alles, was zu einem guten Leben

gehört. Es gab keinen Grund, daran etwas zu ändern, fand ich. Papa sah das wohl anders.

Seine Freundin Paula hätte ich gerade noch so ausgehalten, aber sie kam im Doppelpack mit ihrem Sohn Freddi. Er war erst acht Jahre alt, also viel kleiner als ich, und machte mit seinem Sonnenscheingrinsen auf niedlich. Das konnte ich gar nicht gebrauchen. Papa setzte mir zwei neue Leute vor die Nase! Einfach so, ohne zu fragen. Paula und Papa nannten es Patchworkfamilie und meinten, es sei eine gute Sache. Ich nannte das Ding bei seinem wahren Namen: Wurschtel-Familie. Eine Familie, die von den Erwachsenen zusammengewurschtelt wurde. Denn sind wir doch mal ehrlich: Noch nie war ein Kind schuld an so einer Wurschtel-Familie. So was verzapfen immer nur die Großen.

So. Und jetzt stellt euch mal bitte einen Tag Ende November vor, also lauschiger Spätherbst. Draußen klebte der Wind rote Ahornblätter an unser Fenster. Drinnen haben wir es uns richtig gemütlich gemacht, da sind wir nämlich Fachleute drin, mein Papa und ich. Ich hing vor dem Fernseher rum, guckte einen Zeichentrickfilm, futterte einen Obstteller und arbeitete an meinem Wunschzettel für Weihnachten. Ich hatte ordentlich viele Wünsche: neue Turnschuhe, viele Comics, einen süßen Teddy-Hausanzug, damit ich nicht mehr in Schlafsachen vor dem Fernseher rumhängen muss, Bettwäsche mit Sternen drauf, Jonglierbälle, einen blinkenden Hula-Hoop-Reifen. Und ein

Handy. Das hätte ich gar nicht aufschreiben brauchen, weil mein Papa findet, dass Kinder keine Handys haben sollen. Kinder sollen spielen, meint er. Na ja, man kann auch auf dem Handy spielen, aber das versteht er leider nicht.

Ich also vor dem Fernseher. Währenddessen räumte und wischte mein Papa um mich herum. Das finde ich immer besonders kuschelig, wenn er unser Haus putzt und ich ferngucke. Doch dann schaltete er den Staubsauger an, direkt neben dem Fernseher! So was macht wirklich nur mein Papa.

Er kann nämlich nichts hören. Er ist schon so geboren, also ohne Hören. Wir unterhalten uns aber trotzdem ganz prächtig, mit vielen Fingerzeichen und Armbewegungen und Gesichtsausdrücken. Das heißt Gebärdensprache, und für mich ist es ganz leicht, weil ich damit aufgewachsen bin. Man könnte sagen, dass Deutsch meine Muttersprache und Gebärdensprache meine Vatersprache ist.

Außerdem kann mein Papa sehr gut von den Lippen lesen, wenn man spricht. Vor allem von meinen, weil er mich so gut kennt. Allerdings vergisst er manchmal, dass ein Staubsauger Krach macht und es beim Fernsehen stört. Ich stellte den Staubsauger aus. »Du kannst später weitersaugen, wenn mein Film zu Ende ist«, gebärdete ich mit meinen Händen.

Papa musste lachen. »Also Mäuschen, wer hat dich bloß so verwöhnt?«, fragte er zurück.

Was? Ich? Verwöhnt?

Na klar! Total.

Ich meine, kommt schon. Wir verwöhnten Kinder wissen, dass wir verwöhnt sind. Wir geben es nur nicht zu. Man kann über Kinder eine Menge sagen, zum Beispiel, dass sie klein sind oder dass sie wenig Talent für den Haushalt haben, aber dumm sind sie ganz bestimmt nicht. Und deshalb tun wir verwöhnten Kinder so, als würde uns gar nicht auffallen, wie verwöhnt wir sind. Stimmt doch, oder?

Oft gibt es ja einen guten Grund fürs Verwöhnen. Ich möchte sagen, meistens haben wir verwöhnten Kinder das sogar verdient. Zum Beispiel mein Papa hat mich verwöhnt, weil meine Mama nicht da ist. Sie ist wieder zurück in ihr Heimatland Brasilien gezogen, und das ist leider sehr weit weg. Papa wollte, dass ich es trotzdem genauso gut habe wie alle anderen Kinder. Und weil ich das Wichtigste in seinem Leben bin. Und ... also, ja gut, ich bin auch ein besonders niedliches und witziges Kind, man muss mich einfach verwöhnen. Das ist bei euch bestimmt nicht anders, oder? Ist doch so! Was können wir Kinder eigentlich dafür, dass wir so süß und witzig und niedlich und einfach zum Knuddeln sind? Dass man uns verwöhnt, ist doch logisch.

Jedenfalls wollte ich mich wieder in meinen Fernsehsessel fläzen, und da hingen plötzlich unsere Weihnachtspullis auf der Lehne. Ihr müsst nämlich wissen, dass es bei uns in der Weihnachtszeit immer ein bisschen zauberhaft zugeht und seltsame Dinge passieren. Allerdings kannte ich im letzten Jahr den Grund dafür noch nicht, deshalb wunderte ich mich.

»Warst du das, Papa?«, fragte ich erstaunt.

Aber Papa ist es nicht gewesen und ich auch nicht. SELTSAM! Wir dachten beide, dass der andere die Pullis dort hingehängt hätte.

Während wir uns noch ein bisschen weiter wunderten, schlüpften wir in unsere weihnachtlichen Pullover. Es ist für uns immer der Anfang der Weihnachtszeit, wenn wir sie das erste Mal anziehen. Papas Pulli war rot und hatte einen Elch mit einem witzigen Gesicht drauf. Meiner war knallgelb mit einem bunt geschmückten Tannenbaum vorn. Im letzten Jahr hatte er noch ein Loch am Ärmel, aber das war jetzt gestopft, dabei kann Papa gar nicht nähen. Na, ihr wisst ja: Bei uns geht es zauberhaft zu in der Weihnachtszeit.

Dann kam der beste Teil des Tages. Papa setzte sich in seinen Fernsehsessel. Seine Lieblingssendung ist nämlich eine Kochsendung: DIE DENNY-BRÖSEL-SHOW. Papa findet, dass Denny Brösel der beste Koch der Welt ist und dazu ein sehr netter und lustiger Mensch. Als ich klein war, konnte Papa überhaupt nicht kochen, und dann hat er es gelernt, weil er immer die DIE DENNY-BRÖSEL-SHOW geguckt hat. Er kann also nur Denny-Brösel-Sachen kochen. Man könnte fast sagen, dass Denny Brösel zur Familie gehört.

Ich stellte mich neben den Fernseher und übersetzte

in Gebärdensprache, was Denny Brösel sagte. Papa könnte zwar auf dem Fernseher die Untertitel einschalten. Bloß da steht nur die Hälfte von dem, was Denny sagt. Außerdem übersetze ich die Show schon immer, seit ich klein bin, und es ist viel lustiger als Untertitel, weil ich mir manchmal auch Quatsch ausdenke, oder so tue, als ob ich mit Denny rede.

Denny Brösel hatte wie immer seine Latzhose an und

trug ein buntes T-Shirt. Er ist nämlich ein sehr moderner Fernsehkoch, ohne Kochmütze.

Mitten in diese schöne Stimmung hinein leuchtete Papas Handy auf. Papa starrt seit dem letzten Herbst ständig auf sein Handy, weil er hofft, dass Paula ihm schreibt. Noch während er die Nachricht las, sprang er auf. »Paula und Freddi haben einen Wasserschaden!«,

gebärdete er. »Ihre Wohnung steht unter Wasser. Ich muss sofort los und ihnen helfen.«

Schon war er in der Jacke. Und drückte MIR den Staubsauger in die Hand! »Mach bitte zu Ende sauber. Aber gründlich.« Er versuchte, streng zu gucken. Nicht gerade seine Stärke.

»Warum ich?«, fragte ich.

»Warum nicht?«, fragte Papa zurück.

Die Antwort darauf war einfach: weil ich keine Lust hatte. Das konnte Papa doch auch noch machen, wenn er zurückkam. Doch das sagte ich nicht, denn das wäre bei ihm nicht so gut angekommen. In solchen Dingen können Erwachsene ja ein bisschen empfindlich sein.

Tja, und das war's dann mit unserer Gemütlichkeit.

Wer plant eine tolle Überraschung?

Ich natürlich!

So. Ihr erinnert euch. Papa war wegen Freddis und Paulas Schaden unterwegs. Also, Wasserschaden. Es dauerte Stunden, bis er wiederkam. Ich habe in dieser Zeit allerdings nicht geputzt – ich habe einen langen Brief geschrieben. Na ja, eigentlich einen Brief ABgeschrieben. Den Brief habe ich nämlich schon ganz oft verschickt, doch es kam nie eine Antwort. Deshalb habe ich den Brief alle zwei Tage wieder abgeschrieben und zur Post gebracht. Das hing mit meiner großen Überraschung zusammen. Ein Weihnachtsgeschenk der Extraklasse sollte es werden, für meinen Papi, weil er der liebste Papi der Welt ist. Aber das erzähle ich euch später, ist ja schließlich eine Überraschung.

Na gut, ich verrate es euch doch. Die Idee zu dem weltbesten Geschenk war mir im Sommer gekommen, als wir im Urlaub DIE DENNY-BRÖSEL-SHOW geguckt haben. Mein Papa meinte, dass es schön wäre, wenn Denny mal einen Gebärdendolmetscher in seine Sendung einladen würde. Da habe ich mir vorgestellt, wie schön es für Papa wäre, wenn Denny Brösel ihm persönlich einen Gruß in Gebärdensprache ausrichten würde. Seitdem habe ich Denny schon sehr viele Briefe geschrieben und ihm diese Idee vorgeschlagen. Mein ganzes Taschengeld ging für Briefmarken drauf. Seit Monaten. Aber Denny hat mir einfach nicht zurückgeschrieben.

Ich ging jedenfalls mal wieder zum Postkasten und warf einen neuen Brief ein. Auf dem Rückweg traf ich den Postboten.

Er lachte. »Na? Hast du endlich eine Antwort bekommen?«

»Nein, leider nicht«, sagte ich.

»Das wird schon noch«, meinte er.

»Aber wenn der Brief kommt, musst du ihn mir geben. Und nicht meinem Papa.«

»Wenn ich dran denke«, sagte der Postbote frech. Schwups – rutschte ihm die Postmütze tief ins Gesicht. Von ganz allein, dabei war gar kein Wind. SELTSAM!

Damit ihr besser versteht, was gleich für ein Skandal passiert, müsst ihr etwas wissen: Papa und ich wohnen in einem schönen alten Haus, am Stadtrand. Es hat nur vier Zimmer, was für ein Haus nicht viel ist. Es gibt gemusterte Fliesen in der Küche und Kachelöfen in den Zimmern und Fußböden aus Holz, die beim Ren-

nen knarren. Es gibt Türen und Fenster, die manchmal quietschen. Wir haben einen kleinen dunklen Keller, in dem wir Kartoffeln und Saft und so aufbewahren. Und natürlich einen alten Dachboden, auf dem Papa unsere Wäsche aufhängt und wo es herrlich unheimlich ist.

Papas Zimmer ist weiß mit weißen Gardinen, und wenn mein Zimmer unordentlich ist, spiele ich bei ihm. Mein Zimmer ist das schönste: Ich habe eine Blümchentapete und bunte Möbel, die durfte ich mir selbst aussuchen. Alles hat in unserem schönen Zuhause seinen Platz, unsere beiden Handtücher und unsere beiden Lieblingstassen und unsere zwei Paar Gummistiefel. Wir haben zwei Sessel vor dem Fernseher und zwei Stühle am Küchentisch und zwei Fahrräder im Schuppen. Es ist die perfekte Behausung – für ZWEI Personen.

Als Papa nach Hause kam, waren seine Hosen nass. Also unten, ungefähr bis zu den Knien. Problem: Er stellte zwei große Koffer in unserem gemütlichen kleinen Flur ab. REISEKOFFER. Ich bekam eine sehr, sehr ungute Ahnung.

»Was machen die Koffer hier?«, fragte ich ihn.

Papas Ohren wurden rot. Ein Zeichen, dass er nervös war. »Das sind ein paar Sachen von Paula und Freddi.

Wegen des Wasserschadens. Die Wohnung ist eine einzige große Pfütze. Alles voller Wasser. Total nass«, erklärte er.

»Wasser ist immer nass«, sagte ich streng.

Vor Aufregung gebärdete Papa immer weiter und erzählte, wo überall Wasser war und wie nass die Möbel waren und dass gerade die Handwerker in der Wohnung waren, um den Schaden zu reparieren und die Wohnung irgendwie trocken zu kriegen.

»Okay. Und die Koffer?«, fragte ich noch mal.

»Die beiden bleiben jetzt ein paar Tage bei uns«, brachte Papa endlich hervor.

Moment mal! Was? Wie bitte?! Aber ich kam gar nicht dazu, mich zu beschweren, denn nun stieg Paula die Steintreppe vor unserem Haus hoch. Sie trug einen weiteren Koffer. Papa sprang hinzu und nahm Paula den Koffer ab, sie lächelte, und dann mussten die beiden sich mal wieder küssen. Kein schöner Anblick. Aber immer noch besser als das, was danach kam: Freddi.

Er trug einen Kinderrucksack und drängelte sich Freddi-fröhlich an den beiden vorbei in unser Haus. Freddi ist nämlich ein Strahlemann. Immer lieb und brav. Mich hält nie jemand für brav, das liegt mir einfach nicht. Keine Ahnung, wie er das macht. Muss an seinen blauen Augen liegen oder so. Er ist gar nicht braver als ich, er wirkt nur so.

Paula lächelte mich freundlich an und drückte mir eine Tüte mit Mandarinen in die Hand. »Für dich. Entschuldige das ganze Durcheinander.« Eigentlich war sie ja ganz nett, es ging auch gar nicht gegen sie persönlich. Es ging einfach darum, dass in Papas Leben keine Paula-artige Person benötigt wurde. Und noch weniger eine Freddi-artige Person, schon gar nicht, wenn sie so brav und artig war wie Freddi. Schließlich gab es schon mich. Ein Kind reicht, fand ich. Bei zwei Kindern ging das Teilen los.

Ich wollte in mein Zimmer gehen und in Ruhe die üble Lage betrauern, da kam Papa schon mit der nächsten freudigen Botschaft um die Ecke.

Er streckte seinen Rücken durch und setzte ein ernstes Gesicht auf. »Freddi geht erstmal mit in dein Zimmer«, bedeutete er mir.

Die Antwort wäre ganz klar NEIN gewesen. Einfach nein. Freddi konnte nicht mit in mein Zimmer. Doch Papa hatte gar keine Frage gestellt, deshalb konnte ich auch nicht antworten. Mir blieb nur, sauer zu gucken.

Freddi schob sich sehr unschüchtern an mir vorbei. »Cool!«, brüllte er und rannte los, als wollte er zuerst ankommen. Und ich wusste auch schon, wo. Aber nicht mit mir.

»Hey! Stopp! Warte!«, rief ich und rannte hinterher. An meiner Zimmertür stießen wir zusammen und quetschten uns gemeinsam durch. Freddi war etwas schneller, doch ich packte ihn am Hemd und zog ihn zurück. Wir stolperten in mein Zimmer und fielen gemeinsam auf den Boden.

»Hier sind die Regeln«, sagte ich, noch liegend. »Kein Essen in meinem Zimmer. Kein Spielzeug in meinem Zimmer. Keine Witze erzählen in meinem Zimmer. Keine ekligen Körpergeräusche in meinem Zimmer. Keine Hampelei in meinem Zimmer. Am besten, du bewegst dich einfach gar nicht. Tu so, als wärst du nicht da.«

Okay, die Regeln waren nicht so toll. Ich hatte sie mir ja auch erst in dieser Sekunde ausgedacht, und an die meisten davon hielt ich mich selbst nicht. Aber Freddi nickte und machte mal wieder auf brav. Doch dann stellte er seinen Rucksack ab, und ich war gezwungen, noch eine weitere Regel hinzuzufügen: Kein Auspacken von Rucksäcken in meinem Zimmer. Bin ich ein Hotel, oder was?

Während wir noch über den Rucksack diskutierten, fielen plötzlich Stifte von meinem Schreibtisch. Auf der anderen Seite des Zimmers. Von ganz allein. Jedenfalls dachten wir das damals. Ich hob die Stifte auf und legte sie zurück, aber dafür plumpste meine ganze Federtasche runter. SELTSAM!

Als es klingelte, rannten Freddi und ich wieder gleichzeitig los, quetschten uns zusammen durch die Tür und fielen auf den Boden. Ich rappelte mich hoch und rannte weiter. Das war schließlich MEINE Haustür, an der es klingelte. Doch als ich ankam, hatte Paula meine Haustür schon geöffnet. Eine Handwerkerin stand davor. Sie trug einen weißen Maleranzug mit bunten Flecken und hatte eine kurze, wilde Lockenfrisur.

Sie setzte sich an unseren Küchentisch, trank Kaffee und seufzte über den Wasserschaden von Freddi und Paula. Dann sprach sie über Wasser und Wände und Schaden und Maschinen und Tapeten. Wenn Leute keine Gebärdensprache können, wissen sie nicht, wie sie mit Papa reden sollen. Deshalb übersetzte ich alles für Papa. Und wenn Papa etwas gebärdete, übersetzte ich es für die Handwerkerin.

»Boden und Wände sind feucht. Wir müssen große Trockenmaschinen aufstellen, die viel Krach machen, auch nachts«, erklärte die Frau. »Da kann man jetzt 'ne Weile nicht wohnen. Und danach noch neu tapezieren und streichen und so. Das dauert mindestens zwei Monate, bis wir die Bude wieder trocken kriegen.«

»Oh!«, rief Paula. »So lange?« Sie guckte zu Papa. Er lächelte und nahm ihre Hand.

»Aber was ist mit Weihnachten?«, fragte ich.

»Weihnachten ist das längst nicht erledigt«, sagte die Handwerkerin.

Papa fand es gar nicht schlimm und meinte, dass wir eben zusammen Weihnachten feiern würden. Was? Wie? Hallo? Und unsere Weihnachtszeit? Die schönste Zeit des Jahres?! Die beste und gemütlichste Papa-Lolika-Zeit? Daraus sollte jetzt eine Papa-Lolika-Paula-Freddi-Zeit werden? Merkt man doch schon am Wort, dass das nicht hinhaut. Ist viel zu lang. Ihr könnt euch meinen Schock vorstellen. Ich blickte Papa fest in die Augen und redete mit ihm. Ich bewegte meine Hände und meine Lippen so schnell, dass die anderen uns nicht verstehen konnten. »Ich will nicht, dass sie bei uns Weihnachten feiern. Ich will mit dir allein feiern, wie immer«, sagte ich.

»Wie soll es denn sonst gehen?«, gebärdete Papa fröhlich zurück. Er schien richtig glücklich über diesen Wasserschaden zu sein.

»Soll jemand zugucken, wie ich meine Geschenke aufreiße? Wie wir den ganzen Tag naschen, vor dem Fernseher sitzen und bei jedem Filmende heulen?«

Papa grinste. »Das geht doch auch zu viert.«

»Eben nicht! Sie können zu Tante Hedi gehen«, sagte ich. Paula hat nämlich eine alte Tante Hedi, die in unserer Stadt wohnt.

»Tante Hedi kommt nicht infrage«, meinte Papa und runzelte die Stirn.

»Warum nicht?«, fragte ich, dabei wusste ich es genau. Tante Hedi war sehr streng und altmodisch, und es roch immer nach Kohl bei ihr. Außerdem hatte ihre Wohnung nur zwei Zimmer, und Freddi und Paula hätten im Wohnzimmer auf einer Luftmatratze schlafen müssen.

»Ich freue mich, dass die beiden bei uns sind. Und wir haben genug Platz«, erklärte Papa. »Du wirst schon sehen, wir machen uns das ganz gemütlich zu viert.«

Gemütlich zu VIERT? Nee. Das ging nicht. Bei Weihnachten hörte der Spaß endgültig auf. Mir dämmerte, dass Papa und ich womöglich nie wieder allein sein würden. Die schönste Zeit meines Lebens – vorbei.

»Es wird ein ganz besonderes Weihnachten, pass mal auf«, sagte Papa. Aber dann fiel seine Kaffeetasse um, und der Kaffee schwappte über den Tisch. Papa behauptete, die Tasse sei von allein umgefallen. SELTSAM!

Ach so, eine Sache ist hier noch wichtig. *Wie* wichtig diese Sache war, merkte ich erst später, aber ich muss euch jetzt schon mal davon erzählen. Als die Handwerkerin mit der wilden Frisur gehen wollte, tuschelte sie im Flur mit Freddi. Ich konnte die beiden leider nicht verstehen, dabei platzte ich fast vor Neugier. Freddi diskutierte mit der Frau herum. Er schüttelte den Kopf. Er holte sogar sein Sparschwein und bot der Frau Geld an! Doch sie verschränkte die Arme. Ich nahm an, dass Freddi sie überreden wollte, die Wohnung schneller zu malern, damit er und Paula noch vor Weihnachten zurück nach Hause konnten.

Danach wirkte Freddi ganz wütend und aufgebracht.

»Was habt ihr getuschelt?«, fragte ich.

»Geht dich gar nichts an«, meinte er nur, und dann ging er aufs Klo. Er geht immer aufs Klo, wenn er ein Problem hat, und bleibt sehr lange dort.

Ich ging in mein Zimmer, setzte mich traurig aufs Bett und malte die Blümchen auf meiner Tapete aus. Das mache *ich* nämlich, wenn ich ein Problem habe. Weihnachten mit Fremden? Weihnachten ist doch extra so schön, weil ich mit Papa allein bin und wir es noch gemütlicher haben als sonst. Weil wir in unseren Weihnachtspullis rumhängen und ich in Ruhe verwöhnt sein kann und Papa putzt und kocht und uns keiner dabei beobachtet. Und außerdem: Was sollte aus meiner Überraschung werden? Ihr wisst schon, DIE DENNY-BRÖSEL-SHOW.

Apropos Weihnachtspulli. Beim Abendbrot kicherte Paula über unsere Pullis. »Im November legt ihr schon los?«, fragte sie.

»Wir lieben Weihnachten, mein Papa und ich«, erklärte ich trotzig.

»Die sind ziemlich bunt, eure Pullis«, fand Paula.

»Das ist doch gerade das Schöne an ihnen«, fauchte ich.

Aber Papa lachte mit und zog seinen Pullover ganz schnell aus. Er meinte sogar, es sei nur so ein kleiner Witz mit den Pullis. Und da lag plötzlich eine rote Weihnachtskugel auf seinem Teller, und fast hätte er reingebissen, weil er dachte, es sei eine Tomate. Außerdem hatte er Lametta auf dem Kopf. SELTSAM!

Jetzt fragt ihr euch vielleicht, was Lametta sein soll. Das sind dünne, lange silberne Fäden, die wir an den Weihnachtsbaum hängen und die im Licht glitzern.

»Lametta? So etwas benutzt ihr noch?«, fragte Paula und sammelte es von Papas Kopf. »Das ist doch total umweltschädlich.«

»Ist es nicht!«, rief ich. »Das ist noch von Oma, und wir packen es jedes Jahr wieder ein.«

Papa nickte. »Wir nehmen seit fünfzig Jahren dasselbe Lametta.«

»Trotzdem.« Paula zuckte mit den Schultern, und dann hatte sie plötzlich selbst Lametta auf dem Kopf und an den Ohren.

Eins ist klar: Ich ließ meinen Weihnachtspulli natürlich extra an. Ich nahm mir sogar vor, ihn nie wieder auszuziehen.

An diesem Tag passierte eigentlich nichts mehr. Freddi packte seinen Rucksack aus, obwohl ich Nein gesagt hatte. Papa kam rein und brachte meinen alten Weihnachtspulli, der mir nicht mehr passte. Er war blau und hatte Schneeflocken, einen Schneemann und Tiere drauf. »Guck mal, wäre das nicht was für Freddi?«, fragte er.

Freddi nickte. »Ja!«, rief er.

»Nein!«, rief ich, nahm den Pulli und stopfte ihn unter mein Kopfkissen. »Blau steht ihm nicht«, behauptete ich schnell.

Ich malte noch ein paar Blümchen aus und dachte über mein Problem nach: Mein Papa und ich mussten Weihnachten allein sein, damit wir ganz gemütlich DIE DENNY-BRÖSEL-SHOW gucken konnten. So wie wir es immer getan hatten. Vor allem, falls Denny in diesem Jahr wirklich einen Gruß an Papa schickte. Aber wie sollte ich es anstellen, dass wir Weihnachten wieder allein waren?

Wer war das?

Ich nicht!

Schon gar nicht an einem Montag. Viele Leute finden Montage blöd, wahrscheinlich freuen sie sich nicht auf die Woche. Ich LIIIEEBE Montage. Alles geht von vorn los, die Woche fängt gerade erst an und wartet voller neuer Abenteuer auf mich. Herrlich. Papa ist normalerweise tagsüber arbeiten. Er arbeitet in so einem Amt, genauer kann ich das leider nicht erklären. Wichtig ist auch nur eins: Ich bin nachmittags allein und kann machen, was ich will. Oder nee, ich WAR allein und konnte machen, was ich wollte.

Aber als ich an diesem schönen Montag aus der Schule kam, waren Leute da. Nämlich Paula und Freddi. Und sogar Papa, der sich extra dafür freigenommen hatte. Die drei hatten eine Menge Kisten mit Sachen aus der Wasserschaden-Wohnung geholt. Es sah aus wie ein richtiger kleiner Umzug. Mehr sage ich dazu nicht, denn mit dem Wort UMZUG ist alles gesagt.

Paula stellte einen Karton im Flur ab, da stand WEIHNACHTEN drauf. Daneben hatte sie ein paar

Sterne gemalt. Paula kann sehr gut malen, das ist sogar ihr Beruf. Als Paula mit einem weiteren Karton die Treppe hochkam, stand der Weihnachtskarton plötzlich offen. Einige Sachen aus dem Karton lagen daneben verstreut: bunte Papiersterne, die Freddi gefaltet hatte. Kleine Figuren aus Ton, die Freddi geformt hatte. Verschiedene Strohsterne, die Paula gebastelt hatte.

Paula blickte Freddi und mich fragend an.

»Ich war's nicht!«, rief Freddi sofort.

»Ich auch nicht«, schob ich schnell hinterher.

Paula zuckte mit den Schultern, räumte alles ein und schloss den Deckel. »Die Weihnachtssachen brauchen wir jetzt noch nicht«, erklärte sie. »Ist ja erst Ende

November. Die holen wir erst kurz vor Weihnachten wieder raus.«

»Kurz vor Weihnachten?«, rief ich erschrocken. »Mein Papa und ich schmücken die Wohnung immer schon viel früher.«

Aber Paula stellte den Weihnachtskarton trotzdem vor die Treppe, die zum Dachboden führt. Als ich das nächste Mal durch den Flur lief, stand der Deckel zum zweiten Mal offen. Gelbe Baumkerzen aus Bienenwachs lagen daneben. SELTSAM! Gerade kam Paula vorbei. Sie blickte mich an, räumte die Kerzen ein und schloss den Karton wieder.

Papa trommelte alle zusammen. »Jetzt machen wir es uns richtig schön gemütlich, essen Kekse und überlegen, wie wir hier alle gut zusammen klarkommen«, gebärdete er.

Gemütlich? Okay. Kekse? Prima! Beraten, wie wir gut zusammen klarkommen? Nö.

»Was hat er gesagt?«, fragte mich Freddi, weil er die Gebärdensprache noch nicht richtig konnte.

»Er sagt, dass du dich an meine Regeln halten sollst«, behauptete ich.

Aber Papa war so gut im Lippenlesen, dass er meinen kleinen Schwindel sofort bemerkte. Er guckte streng. Ich sagte Freddi die Wahrheit. Er grinste und düste los, in Richtung Kekse. Ich stürzte hinter ihm her ins Wohnzimmer. Oder das, was davon übrig war, nachdem Paula und Freddi unsere Wohnung erobert hatten. Überall

Umzugskartons. Und Zeug, das vorher in den Kartons gewesen war.

Papa trug einen großen Teller herein. In der Tür latschte er mit seinem dicken Socken auf einen Dominostein, und der ging dabei kaputt. Papa blickte mich fragend an. Ich zuckte mit den Schultern. Beim nächsten Schritt erwischte er mit dem anderen Fuß den zweiten Dominostein. SELTSAM!

Als ich den Teller sah, war ich für einen Moment glücklich. Ihr wisst ja, dass ich Weihnachten liebe. Und von allem schön viel, bitte. Papas Keksteller war genau nach meinem Geschmack. Dominosteine, Vanillekipferl und Spekulatius stapelten sich zu einem hohen, geschickt gebauten Turm. Dazwischen Lebkuchen in allen Sorten: mit Schokolade und mit Zucker, mit Mandeln, in Herzform, gefüllt. Alles dabei. An Weihnachten hätte der Teller nicht voller sein können.

Paula guckte erschrocken, als sie Papas Keksturm sah. »So viele? Und ... also, ihr fangt jetzt schon mit Weihnachtskeksen an?«, fragte sie.

»Klar, wir essen sie immer, das ganze Jahr über«, sagte ich.

»Das stimmt doch gar nicht«, meinte Papa. »Aber im November, da können wir nicht Nein sagen ...«

»November?«, fragte ich und breitete empört die Arme aus. Papa war unser schönes Leben wohl peinlich. »Wir sind Ende August die Ersten, die in der Kaufhalle nach den Lebkuchen greifen«, berichtigte ich ihn.

Paula sah verunsichert aus. »Oh«, sagte sie nur.

Freddi lehnte sich an seine Mutter an. »Wir fangen am ersten Advent an. Vorher darf man noch keine Weihnachtskekse essen«, prahlte er mit Freddi-Besserwisser-Gesicht. »Am ersten Advent gibt es nur Plätzchen. Das machen wir immer so. Lebkuchen gibt es erst zum Nikolaus.«

Paula nickte. »Die Plätzchen backen wir selbst.«

»Oh, das ist ja toll. Könnt ihr für uns auch mal welche backen?«, fragte Papa. »Wir beide können gar nicht backen.« Er zwinkerte mir zu.

»Klar, machen wir!«, sagte Freddi. »Ich kann das sogar schon ganz allein.«

Angeber. »Ich kann auch backen«, sagte ich.

»Backen vielleicht, aber ...«, Papa grinste, »... das kann dann keiner essen.«

Pah! Wenn wir allein waren, fand ich Papas freche Witze witzig. Aber vor Paula und Freddi? Einfach nee. Ich übersetzte diesen unlustigen Witz nicht, und deshalb verstand Freddi auch nichts.

Bei Paula war es allerdings was anderes, und deshalb lachte sie jetzt. Sie lernte nämlich neuerdings Gebärdensprache. Das war zwar lieb gemeint, aber es gefiel mir gar nicht. Gebärdensprache ist unsere Sprache, Papas und meine. Weil die meisten Leute sie nicht können, benutzen wir sie sogar als Geheimsprache, wenn andere dabei sind. Und jetzt war einfach Paula da und redete auch mit Papa in Gebärdensprache. Na ja, sie konnte es noch nicht besonders gut, aber sie gab sich Mühe. Papa fand es süß. Und lieb. Und all solche albernen Dinge, die verliebte Leute sagen.

Erst mal holte Papa richtig aus, als ob er eine Rede halten wollte. Er sagte, dass wir alle ein bisschen enger zusammenrücken müssten. Dass wir das schon irgendwie schaffen würden, weil wir ja vier kluge und freundliche Leute seien, und dass wir es uns richtig gemütlich machen würden, zu viert. Ich habe meinen Papa sehr lieb, bloß leider sagt er manchmal Sachen, die nicht stimmen.

Ich wollte mir einen Zimtstern in den Mund stecken. Papa meinte, ich sollte erst unseren Gästen was anbieten. Genervt hielt ich Freddi den riesigen Keksteller hin. »Ist aber erst November«, sagte ich. »Ist noch zu früh für dich für Kekse.«

Freddi beugte sich trotzdem vor und griff sich ein Kipferl. Ach nee. Auf einmal. Allerdings ließ er das Kipferl gleich wieder los. »Erst du«, sagte er zu mir.

Na, das war auch das Mindeste, schließlich waren das MEINE Kekse. Weil MEIN Papa sie gekauft hatte. Ich langte nach einem Zimtstern. Ich zog an ihm. Ich zerquetschte ihn beim Ziehen. Was war denn hier los? Als Nächstes zerrte ich an einem Lebkuchen und hielt nur eine Ecke in der Hand, der Rest blieb auf dem Teller. »Die kleben fest«, erklärte ich.

»Die Kipferl auch«, bestätigte Freddi.

»Ihr wieder.« Papa lachte. »Ihr wollt uns nur auf den

Arm nehmen.« Er zog an einem Spekulatius. Und brach die Ecke ab, weil auch die Spekulatius festklebten.

Ich hob den Teller an – und drehte ihn um. Nichts fiel runter. Na ja, doch, Papas Kinnlade fiel nach unten. Und Paulas Arme fielen fassungslos in ihren Schoß. Ich schüttelte den Teller. Es krümelte nur ein bisschen. Der ganze Keksberg klebte am Teller fest.

Wie sich herausstellte, hatten wir Kinder jetzt ganz andere Gedanken als die Erwachsenen. Freddi und mich trieb die einzig wichtige Frage um: WIE sollten wir an das ganze Zuckerzeugs rankommen?

Freddi hockte sich vor den Teller und knabberte los. »Immer um den Klebstoff rum«, sagte er.

Ich zog ihm den Teller weg und knusperte an den Lebkuchen. Es war echt schwierig, denn von der Seite pikten mir Zimtsterne in die Wange. Die musste ich als Erstes wegfuttern. Habt ihr schon mal Klebkuchen gegessen? Nein? Kann ich auch nicht empfehlen. Zu viel Klebstoff.

Papa und Paula hatten eine andere, viel weniger wichtige Frage: »WER war das?«, fragte Paula.

Papa blickte uns ernst an. »Das möchte ich auch gern wissen.«

Wir hörten beide auf, zu knabbern. Wenn Erwachsene diese – unwichtige – Frage stellen, steckt man knietief im Problem. Ich habe nie herausgefunden, warum Erwachsene diese – unwichtige – Frage unbedingt klären wollen, aber sie stellen sie eigentlich immer, wenn etwas passiert ist. WER WAR DAS? Ist doch egal, denn man kann eh nichts mehr machen. Weil es ja schon passiert ist.

»Ich nicht«, rief Freddi sofort. »Ich bin's nicht gewesen!«

Alle guckten mich an.

»Ich war's auch nicht«, sagte ich und blickte zu Freddi hinüber. So ein Braten! Das hat meine Oma immer gesagt, wenn jemand auf eine heimliche Weise frech war. Und zu Freddi passte es genau.

»Hä? Ich war's wirklich nicht!«, rief Freddi.

»Ich wirklich auch nicht!«, sagte ich.

»Und wer dann?«, wollte Papa wissen. »Paula und ich jedenfalls nicht.«

Ach so? Erwachsene kamen als Verdächtige wohl nicht infrage, wenn Kekse an Teller geklebt wurden. Das war mal wieder typisch.

Papa blickte mich durchdringend an. Ja, gut, ich wollte nicht, dass Freddi und Paula bei uns wohnten. Aber deshalb klebte ich noch lange keine Kekse fest. Für mich war die Sache klar: Es musste Freddi gewesen sein! Eine andere Erklärung gab es nicht. Oder doch?

Kinder, die nicht auf Kommando weinen können, haben es ziemlich schwer im Leben. Das weiß ich sehr gut, denn ich kann es nicht. Freddi kann es. Und er tat es jetzt. Nicht zu sehr, nur ein bisschen, aber die Unterlippe zitterte kunstvoll. Papa sprang auf und umarmte ihn. Damit war Freddi aus dem Rennen.

Und ich? Ich hatte ein Problem. Alle sahen mich an. Ich wollte gerade anfangen, mit Papa zu diskutieren, aber jetzt passierte etwas, direkt hinter Papa. Etwas, das mal wieder sehr SELTSAM war.

Ein Lebkuchen flog durchs Zimmer. Von ganz allein! Er landete in der Ecke vor dem Balkonfenster. Und dann – flog er wieder zurück. Knapp an Papas Kopf vorbei, der nichts mitbekam.

»Lolika!« Papa wedelte mit den Händen vor meinem Gesicht.

Als ich wieder hinhörte, waren die Erwachsenen immer noch mit ihrer Lieblingsfrage beschäftigt. Und ich bekam gerade Ärger.

»Einer von euch beiden muss es gewesen sein«, stellte Papa fest. Und weil Freddi die Heulnummer ablieferte, klebte der Verdacht an mir wie die Kekse am Teller.

»Hast du Beweise?«, fragte ich.

Diese Frage fand Papa ziemlich frech, allerdings musste er zugeben, dass er keine Beweise hatte.

»Weil ich es nämlich nicht war«, beharrte ich. Und wenn ich es nicht gewesen bin, blieb ja nur noch einer übrig. Ich guckte zu Freddi. Er guckte zu mir.

»Das warst du!«, sagte er.

»Nein, du!«

Wir sagten jeder ungefähr zehn Mal DU!, und der Ehrlichkeit halber muss erwähnt werden, dass ich mit Haareziepen anfing. Nur ein kleines bisschen. Aber das sah Freddi wohl anders.

»Aua!«, rief er. »Spinnst du, das tut voll weh!« Er boxte mich in die Seite und zog an meinem Ärmel.

»Ey! Deins war viel doller als meins!«, rief ich, holte aus und puffte ihm in die Seite.

Zwei Kinder streiten – das kennt ihr bestimmt, ne? Aber jetzt stellt euch mal vor, dass über den beiden Kindern noch jemand streitet. Ja, wirklich. Über uns in der Luft. Bloß das konnten wir da noch nicht sehen.

Genau über unseren Köpfen gab es plötzlich einen Knall. Mich durchfuhr helle Wärme. Klingt komisch, war aber so. Es war gleichzeitig hell und angenehm warm und bunt. Dieses Gefühl war überall in meinem Körper. Freddi schien auch etwas gehört zu haben, denn wir guckten beide gleichzeitig erschrocken hoch. Winzige bunte Sterne glitzerten von oben runter.

Und da sah ich, direkt über uns …

… zwei kleine Wesen.

Eins war grün, eins war hellgolden. Mehr konnte ich so schnell nicht erkennen, denn – wusch – schon verschwanden die beiden in Richtung Tür. Freddi schien es nicht bemerkt zu haben, er ging auf die Knie und suchte unter den Fernsehsesseln nach ihnen.

Jetzt hatte ich es eilig. Ich musste Papa irgendwie loswerden und die Verfolgung aufnehmen. Ich umarmte ihn. »Ich hab dich so lieb.«

»Ja, also … ich dich auch, Mäuschen«, sagte Papa verblüfft. »Aber wir besprechen doch gerade ein Problem.«

Ich lächelte ihn lieb an. »Ist das Gespräch fertig, Papi?«

»Ähm, nein, eigentlich nicht.«

»Können wir bitte ein anderes Mal weiterreden?«, fragte ich.

Papa kratzte sich am Kopf. Er schnaubte. »Na, von mir aus.«

Super! Aufgeschoben hieß bei Papa nämlich aufgehoben, denn er erinnerte sich nie daran, wenn wir eine unangenehme Sache ein anderes Mal besprechen wollten. Jetzt hieß es, unauffällig zu wirken und keinen Verdacht zu erwecken, vor allem nicht bei Freddi.

Ich lief in den Flur. Ein blinkender grüner Zipfel und ein goldener Punkt verschwanden in der Weihnachtskiste von Paula, die schon wieder offen stand. Erwachsene sagen ja oft, man soll erst mal nachdenken, aber das fiel mir in diesem Moment nicht ein. Ich wollte einfach wissen, was das für kleine Wesen waren. Voller Neugier schnappte ich mir die Kiste. Sie war ziemlich schwer und rasselte und klapperte.

»Moment mal. Wohin gehst du?«, fragte Papa, der mir in den Flur gefolgt war.

Und da dachte ich gleich zum zweiten Mal nicht nach. »Ich bringe Paulas Weihnachtskiste auf den Dachboden.«

»Ja, na gut.« Papa winkte mir erstaunt hinterher.

Wer traut sich allein auf den Dachboden?

Ähm, na ja …

Ich schleppte die Kiste mit Paulas Weihnachtszeugs die Treppe hoch. Wie es sich für eine alte Holztreppe gehörte, knarrte sie erst mal laut. Mir dämmerte, dass ich ein Problem hatte: Um die Kiste auf den Dachboden zu bringen, musste ich auf den Dachboden gehen. Da wollte ich allerdings nicht allein hin. Es war mir zu dunkel und … einfach zu Dachboden. Und vor allem hockten in der Weihnachtskiste kleine Dingerchen. Ich wusste überhaupt nicht, wer oder was sie waren. Ich gruselte mich erst mal ordentlich, stellte die Kiste ab und ging ein paar Stufen rückwärts runter.

Jemand tippte mir auf die Schulter, und ich fuhr erschrocken herum. Freddi! Mal ehrlich: Ich war richtig froh, ihn zu sehen, aber das wollte ich ihm ganz bestimmt nicht sagen.

Er wedelte mit den Händen. »Du, in der Kiste sind welche. Ich hab sie entdeckt«, freute er sich.

»Hundert Jahre nach mir, aber egal«, flüsterte ich.

Freddi versuchte es noch mal. »Sie sind in der Kiste. Du, Lolika, ich hab sie als Erster entdeckt.«

Einfach alles daran! Menschen, die solchen Unsinn redeten, brauchten einen Dämpfer. »Da! Hinter dir ist ein Geist!«, rief ich.

Erschrocken sprang Freddi die Treppe hoch und blickte sich um. Da war natürlich nichts. »Haha, ich hab's eh nicht geglaubt«, behauptete er.

»Klar hast du.«

»Hab ich gar nicht. So was glaubt keiner.«

»Und warum drehst du dich dann um?«, fragte ich. »Und jetzt sei leise, wenn du schon unbedingt mitkommen musst.«

»Ich darf mitkommen?«, fragte er begeistert.

»Ich werd dich doch eh nicht los«, sagte ich. Was nur die halbe Wahrheit war. »Fass wenigstens mit an.«

Gemeinsam hoben wir die Kiste hoch und trugen sie die schmale Treppe nach oben. Den Deckel der Kiste ließ ich nicht aus den Augen, das könnt ihr mir glauben. Die Dachbodenluke stand offen. Wir lugten durch die Luke. Es war dunkel und still auf dem Dachboden. Und kühl. Ein kleines Fenster ließ nur wenig Licht herein. Jetzt wäre mal wieder ein Handy gut gewesen, mit einer Taschenlampe dran. Hatten wir aber nicht – ihr wisst ja, mein Papa. Und Freddi war eh noch zu klein für ein Handy. Es roch nach altem Holz und frischer Wäsche. An der Seite standen ein paar alte Möbel. Und unsere vielen Weihnachtskisten. Papa und ich haben nämlich ganz viel Weihnachtszeugs. Ist ja logisch.

Ich stellte die Weihnachtskiste von Paula mitten auf den Dachboden. Ich ahnte schon, dass die Dingerchen nicht herauskommen würden, solange wir da waren. »Los, wir gehen, hier ist es mir zu dunkel«, sagte ich laut.

»Hä? Aber ...« Freddi zeigte auf die Kiste und machte ein dussliges Gesicht. Er verstand mal wieder gar nichts.

Ich zog ihn hinter mir her, und wir liefen die Treppe nach unten, dabei polterte ich extra laut. Ich zog meine Hausschuhe aus und stieg so leise wie möglich wieder die Treppe hoch. Auf Socken.

Selbst bei jemandem wie Freddi dämmert es irgendwann, und das war in diesem Moment. Auch er zog seine Hausschuhe aus und sah ganz begeistert aus, vermutlich dachte er wieder, er sei als Erster auf die Idee gekommen.

Wir tapsten nach oben. Jetzt gab es kein Zurück mehr, jetzt gab es nur noch ein Vorwärts. Treppenstufe für Treppenstufe. Ich schlich. Ich atmete kaum.

Auf dem Dachboden knarrten die Dielen, und wir duckten uns schnell hinter den alten Sessel von Opa, der schon immer hier stand. Es rumpelte. Mein Herz schlug noch schneller, und ich spürte, wie Freddi meine Hand drückte. Erst da merkte ich, dass ich vor

Schreck seine Hand genommen hatte. Also nee! Sofort ließ ich los.

Ich linste an der Armlehne vorbei. Aus Paulas Weihnachtskiste ertönten Stimmen, dann öffnete sich der Deckel der Kiste. Eine Walnuss flog mir an den Kopf. Fast hätte ich AUA! gerufen, deshalb hielt ich mir schnell selbst den Mund zu.

Da! Aus der Kiste flatterte ein kleines Engelchen. Aus Versehen nahm ich gleich wieder Freddis Hand. Das Engelchen trug ein goldenes Kleid und um die Taille eine große rote Schleife, die wehte beim Fliegen hinter ihm her. Sein leuchtend goldenes Haar wurde von einem kleinen Tannenkranz zusammengehalten. Das Engelchen sah wütend aus. »Sag mal, Frohbold, schneit's bei dir? Jetzt hast du die Kinder verzaubert! Bestimmt werden sie zu Nussknackern! Oder Schneemännern«, schimpfte es mit hoher, zarter Stimme.

»Hast du noch alle Kugeln am Baum, Schneesine? Ich hab gar nichts gemacht! Du musstest ja unbedingt mit Weihnachtszauber um dich schleudern«, rief eine witzige, kehlige Stimme zurück. Ein Männchen schwebte aus der Kiste. Auf dem Kopf trug es einen blinkenden Tannenbaum, und um den Hals lagen einige Stränge Lametta, die silbern glänzten. Aber der Kracher war sein Oberteil, und jetzt ahnt ihr vielleicht schon was: Es trug einen winzig kleinen grünen süßen Weihnachtspulli. Vorn war ein fein geschmückter Weihnachtsbaum aufgestickt. Ich guckte runter zu dem Tannenbaum auf meinem Pulli – ja, die waren ziemlich ähnlich!

»Bitte?! DU hast den Weihnachtszauber geschleudert, nicht ich!«, rief das Engelchen namens Schneesine.

»Päh! Von wegen. Du hast mit deinem Weihnachtszauber meine Kekse festgeklebt. Und dabei die Kinder erwischt«, erklärte der kleine Frohbold.

»Die Kekse – das war ich. Aber die Kinder? Das warst du!«, beharrte das Engelchen.

»Quatsch! Ich wollte nur deine Kleberei aufhalten.

Kann ich doch nicht ahnen, dass es einen Blitz ergibt, wenn sich unsere Zauberkräfte treffen.«

Aha! Freddi und ich sahen uns an. Jetzt wussten wir, was passiert war.

»Die Kleberei musste sein. Weil es noch zu früh für Weihnachtskekse ist!« Schneesine bekam rote Wangen vor Ärger. »Mein Freddi isst jetzt noch keine Lebkuchen!«

Freddi verzog erstaunt das Gesicht und kicherte leise.

»Es ist nie zu früh für Lebkuchen«, fand Frohbold. »Was schmeckt, darf man essen. Immer.«

»Dann kann man Weihnachten gleich vergessen, wenn man im November schon Lebkuchen futtert. Außerdem darf man sie nicht kaufen! Weihnachtskekse muss man selbst backen.«

Frohbold blies seine Wangen auf. »Hast du in den letzten hundert Jahren mal das Haus verlassen? Heutzutage kaufen alle Leute Weihnachtskekse. Backen ist total altmodisch.«

»Päh! Ich verlasse jeden Tag das Haus«, sagte Schneesine beleidigt und begann, in unseren Weihnachtskisten zu kramen.

»Schneesine! Nimm sofort die Finger aus unseren Weihnachtssachen!«, schimpfte Frohbold.

Aber schon zog Schneesine eine große rote Kugel heraus. »Wenn du noch einmal mit gekauften Weihnachtskeksen ankommst ...« Drohend hob sie die Kugel in die Luft.

»Wir kaufen so viele Kekse, wie wir wollen!« Frohbold holte ein Herz aus braunem Ton aus Paulas Weihnachtskiste und hielt es ebenfalls hoch.

»Na bitte, das hast du jetzt davon!« Schneesine schleuderte die Kugel in Frohbolds Richtung. Sie flog am Sessel vorbei und zerschellte.

»Hast du noch alle Plätzchen auf dem Blech?« Frohbold schleuderte das Herz aus Ton zurück, das ebenfalls zerbrach. »Weihnachten ist das Fest der Liebe, Freude und Wärme. Und du stänkerst hier nur rum!«

»Ich? Du stänkerst rum!« Schneesine zog eine bunte Kugel in Form eines Goldfischs aus der Kiste. »Das ist ja potthässlich.« Sie warf damit.

»Potthässlich ist nur das hier!« Frohbold zog Strohsterne aus der Kiste. »Ist das Futter für die Rehe?«

»Das ist traditioneller Weihnachtsbaumschmuck!«

Freddi und ich sahen ratlos zu, wie die beiden sich mit unserer Weihnachtsdeko bewarfen. Plötzlich hielt Schneesine die alte Baumspitze von Oma in die Luft.

Ich sprang hinter dem Sessel hervor. »Halt!«, rief ich aus. »Die nicht.«

Frohbold und Schneesine fuhren herum und starrten erst mich an und dann Freddi, der ebenfalls hinter dem Sessel hervorkroch. Sie waren ganz erschrocken.

»Ihr könnt uns sehen?«, fragte Frohbold. »Aber ... aber Menschen können uns nicht sehen.«

»Wir haben diesen Blitz abbekommen«, erklärte ich. »Und seitdem sehen wir euch.« Vorsichtig nahm ich Schneesine die Weihnachtsbaumspitze von Oma ab.

»Wer seid ihr?«, staunte Freddi.

Frohbold landete auf der Sessellehne und machte einen Knicks. »Wir sind Weihnachtswesen. Wir bereiten den Menschen ein schönes Weihnachten. Ich bin ein Lamettaling. Zuständig für ...«

Schneesine fiel ihm ins Wort. »Zuständig für Kitsch und Glitzer und Kekse zur falschen Zeit.«

»Nein!«, empörte sich der kleine Lamettaling. »Meine Lieblingsbeschäftigung im Leben ist es, Weihnachtsbäume zu schmücken. Außerdem bin ich zuständig für gemütliche Stunden und warme Weihnachtsstimmung.«

»Jetzt bin ich aber dran«, drängelte sich Schneesine vor ihn. »Ich bin ein Weihnachtsengel, und ich bin …«

Frohbold unterbrach sie. »Sie ist zuständig für Langeweile und Gemüse am Weihnachtsbaum.«

»Falsch! Ich bin zuständig für klassische Weihnachten, so wie man es schon immer gefeiert hat. Mit Nüssen und Obst, mit Gesang und Gebäck. Alles ganz umweltfreundlich und natürlich, wie seit Hunderten von Jahren.«

»Pf!«, machte Frohbold. »Dein Klebstoff roch aber nicht sehr natürlich.« Er schwebte zu mir auf die Schulter. »Sie hat einfach unsere Kekse festgeklebt.«

»Weil er im November schon mit Lebkuchen anfängt«, jammerte Schneesine und setzte sich auf Freddis Schulter.

Damals wussten wir noch nicht viel über Weihnachtswesen, aber mittlerweile kenne ich mich ganz gut aus.

Und ich verrate euch mal was: Weihnachtswesen sind klein. Sie sind nie größer als zwanzig Zentimeter, meistens sogar kleiner.

Wir erfuhren die ganze Geschichte: Kaum waren Paula, Freddi und ihre Weihnachtskiste bei uns eingezogen, hatten sich Schneesine und Frohbold in die Haare bekommen. Nach Streitereien über Kekse und Weihnachtsschmuck war es wohl zu einem Nasenstüber gekommen. Wer daran schuld war, ließ sich nie ganz aufklären, jedenfalls landete der Stüber auf der Nase von Frohbold. Trotzdem war Schneesine der festen Überzeugung, Frohbold sei schuld gewesen, dass sie mit ihrer Faust auf seine Nase klopfen musste.

»Aber es war ja deine Faust und meine Nase«, rief Frohbold.

»Weil du eben nichts über Weihnachten weißt. Da ging es nun mal nicht anders«, beharrte Schneesine.

In diesem Nasenstübergetummel mussten sich jedenfalls ihre Zauberkräfte getroffen haben. Es gab einen Blitz, der traf genau auf Freddi und mich. Seitdem kann ich Weihnachtswesen sehen. So, jetzt kennt ihr meine besondere Gabe. Na ja gut, zugegeben: Freddi kann es auch.

Wir hatten sehr viele Fragen, aber nun kamen von der Treppe Geräusche. Laute Treppensteig-Geräusche. Das war nicht gut. Schon schoben Paula und Papa ihre Köpfe durch die Dachluke.

Wer will so ein Weihnachten?

Ich jedenfalls nicht.

Paula und Papa kletterten zu uns auf den Dachboden. Papa schaltete erst mal das Licht an, und dadurch konnte man das Chaos viel besser sehen, das Frohbold und Schneesine angerichtet hatten. Die Großen entdeckten sofort alles: die Scherben der Kugeln, die Reste der Strohsterne und Tonfiguren. Kaputte goldene Glöckchen und zerfetztes Lametta lagen herum. Erschrocken blickten sie uns an.

»Wer war das?«, fragte Papa. Dieses Mal wussten wir es zwar, aber es nützte uns nichts.

»Ich war's nicht«, rief Freddi sofort.

»Ich auch nicht!«, rief ich und guckte ihn empört an.

»Ach ja?« Papa blickte auf die Weihnachtsbaumspitze von Oma, die ich noch in der Hand hielt. Sah mal wieder nicht gut aus für mich.

»Das sind die Weihnachtswesen gewesen«, sagte Freddi. Er zeigte auf Frohbold und Schneesine, die auf einem Dachbalken saßen und sich ihre kleinen Zungen rausstreckten.

Paula übersetzte es für Papa, der es beim ersten Mal nicht verstand. In der Gebärdensprache gibt es nämlich kein Zeichen für Weihnachtswesen.

»Hier waren Zwerge?«, fragte Papa erstaunt.

Ich erklärte es ihm noch mal.

»Das sollen wir euch glauben?«, fragte Papa. Er sah sich um, aber er konnte die beiden nicht sehen, denn er hatte keinen Blitz und keinen Weihnachtszauber abbekommen. Er sah nur den leeren Dachbalken.

Weil Papa mit seiner Frage nicht weiterkam, stellte Paula eine andere: »WARUM habt ihr das gemacht?«

»Wir waren es doch gar nicht!«, rief Freddi.

»WARUM streitet ihr ständig?«, versuchte Paula es weiter.

»Weil sie Weihnachten alles falsch machen«, sagte Schneesine.

Freddi wiederholte es, damit die Großen es auch mitbekamen.

»Wer macht an Weihnachten was falsch?«, fragte Paula verwundert.

Sofort zählten Lamettaling und Weihnachtsengel alles Mögliche auf, und wir versuchten, es unseren Eltern zu sagen. Doch wir kamen kaum hinterher, weil die beiden Weihnachtswesen so aufgeregt durcheinanderriefen.

»Sie essen zu Weihnachten einen richtigen Braten!«,

beschwerte sich Schneesine und flatterte auf Freddis Kopf. »Bei uns gibt es nur Kartoffelsalat. Aber vegetarisch.«

Frohbold setzte sich auf meine Schulter. »Sie will echte Kerzen. Päh! Dabei haben wir so eine schöne Lichterkette.«

»Er benutzt LAMETTA! Das ist umweltschädlich.«

»Ist es nicht! Sie will immer nur Naturzeugs überall.«

»Er benutzt zu viel Glitzer!«

»Bei ihr gibt es zu Weihnachten Stollen mit Rosinen! Aber da gehören keine Rosinen ran.«

»Er isst die Kekse in der falschen Reihenfolge!«

»Sie legt Nüsse und Apfelsinen auf den bunten Teller!«

»Bei ihm gibt es ständig Schokolade!«

»Sie schmückt die Wohnung erst kurz vor Weihnachten!«

»Er knallt die Wohnung schon im November mit Weihnachtsdeko voll!«

»Sie singt komische alte Weihnachtslieder!«

»Er liebt bunte Weihnachtspullis!«

Es ging ziemlich durcheinander. Aber eins wurde klar: Frohbold, Papa und ich hatten völlig andere Vorstellungen von Weihnachten als Freddis Familie.

Frohbold schnaufte. »Sie haben nicht mal einen Weihnachtsbaum!«

Ich verrate euch mal was über Weihnachtswesen: Sie haben einen guten Charakter. Sie sind sehr lieb und gemütlich und weihnachtlich und so. ABER sie sind ein bisschen intolerant und halten es gar nicht so gut aus, wenn andere Weihnachtswesen die Sache anders angehen. Weihnachten ist für sie das Allerwichtigste, und manchmal gehen sie dafür ein bisschen zu weit. Manchmal gehen sie auch viel zu weit, aber dazu später mehr.

Ja, ihr habt recht – was ich gerade gesagt habe, trifft auch auf mich zu, wenn ich ehrlich bin. Ich kann es auch nicht leiden, wenn es nicht nach meiner Nase geht. Deshalb passe ich ganz gut zu den Weihnachtswesen.

Ich atmete erschrocken ein. »Was? Keinen Baum?«

Schneesine war drauf und dran, wieder einen Stüber auf Frohbolds Nase zu landen. »Doch, haben wir, aber einen selbstgebauten«

»Das kann man doch nicht Baum nennen! Das ist ein Holzgerippe.«

Für Papa und Paula muss es ein bisschen komisch

ausgesehen haben, weil Freddi und ich mit der Luft redeten.

»Kein Baum?« Erstaunt blickte Papa zu Paula.

»Mir kommt kein abgeschnittener Baum ins Haus!«, rief Schneesine.

Freddi wiederholte es. Paula nickte. Die Erwachsenen blickten sich fragend an.

»Das klären wir später, ist ja noch Zeit«, meinte Paula etwas ratlos.

Zusammen räumten wir den Dachboden auf. Ich merkte, dass Paula und Papa sich über uns ärgerten. Schließlich dachten sie, dass wir es gewesen sind.

Frohbold und Schneesine zeigten sich nicht mehr. Ich ging noch ein paar Mal durch unser Haus und rief nach ihnen. Ich legte sogar eine Nuss hin und einen Dominostein, um sie anzulocken. Aber sie waren nirgends zu sehen. Jedenfalls nicht an diesem Abend. Den nächsten großen Auftritt leisteten sie sich erst zwei Tage später.

Wer hätte das gedacht?

Ich nicht. Und deshalb konnte ich es auch nicht fassen.

Zwei Tage später wachte ich morgens auf, und mir fiel ein, dass es der 1. Dezember war. Ahnt ihr schon was? Genau! Am 1. Dezember gibt es Adventskalender.

Als ich verschlafen in den Flur tapste, hing über der blauen Kommode mein Adventskalender. So wie jedes Jahr, seit ich ein kleines Kind war. Ein wohliger Schauer lief über meinen Rücken. Papa kaufte immer einen Kalender mit Schokolade. Wir hatten sogar ein Wort dafür: Schokilender. Dieses Mal war ein weihnachtliches Haus mit Schnee und Lichterketten vorn auf meinem Schokilender, und darin versteckten sich 24 Türchen mit Schokolade.

Freddi schlurfte neben mich. Neben meinem Kalender hing nämlich Freddis Kalender. Das war neu. Und es gefiel mir nicht.

»Kalender«, sagte Freddi mit seiner Babystimme, die er für niedlich hielt. War sie aber nicht, denn er war viel zu alt dafür.

Paula hatte für Freddi einen Kalender selbst gefüllt. Freddi gab erst mal an und erklärte mir, dass seine Mutter das immer so machte. Mal ehrlich: Ich hätte auch gern so einen Kalender bekommen, der selbst gefüllt war. Ich stellte mir vor, was da alles drin war: Kleinigkeiten zum Spielen oder Basteln oder mal eine Süßigkeit. Aber mein Papa kaufte eben immer Schokilender. Ich glaube nicht, dass er einen selbst gefüllten Kalender hinbekommen hätte.

»Ich finde meinen besser«, sagte ich laut, weil ich dachte, dass davon das neidische Gefühl wegging. Was es nicht tat. Es blieb schön da.

»Ich finde auch meinen besser«, strahlte Freddi. »Meine liebe Mami gibt sich immer so viel Mühe damit. Mal sehen, was drin ist. Na ja, bei dir weiß man es ja schon.«

So ein Braten!

Als ich das erste Türchen öffnete, war dahinter nur Luft in Form eines Glöckchens.

Ich dachte mir, dass es bestimmt ein Fehler in der Fabrik gewesen ist und die Maschine den 1. Dezember ausgelassen hatte. Das konnte ja der besten Maschine mal passieren.

»Hä?«, rief Freddi laut. Er drehte den kleinen Stoffbeutel um, auf dem eine Eins stand. Auch leer. Uns blieb nichts anderes übrig, als die zweiten Türchen und Beutelchen aufzumachen. Doch auch da: nichts. Null Schokolade für mich. Null Überraschung für Freddi.

In der Drei und der Vier sah es nicht besser aus.

»Diese Mama!«, nuschelte Freddi. »Sie hat vergessen, meinen Kalender zu füllen.«

In dem Moment entdeckte ich hinter der Kommode eine rote Schleife. Nur so einen kleinen Zipfel, doch er bewegte sich. Alles klar. Die Schuldigen waren erkannt und ertappt.

Ich griff mir Freddis Arm und zerrte ihn hinter den Schuhschrank. Lange mussten wir nicht warten. Ein Weihnachtsengel und ein Lamettaling flatterten heran.

Ich verrate euch mal was über Weihnachtswesen: Sie haben keine Flügel, trotzdem können sie fliegen. Sie schweben durch die Luft. Eine Ausnahme sind Engel wie Schneesine, die haben natürlich Flügel, und es ist ein bisschen ungerecht, dass sie die ganze Arbeit mit der Flatterei haben, während alle anderen einfach so herumschweben können. Aber zum Glück flattern Engel sehr gern mit ihren Flügeln, es macht ihnen also nichts aus.

Die beiden machten mit ihrer Streiterei da weiter, wo sie aufgehört hatten. Schneesine kroch von hinten in meinen Kalender und holte ein Stück Schokolade heraus, das ließ sie einfach hinter die Kommode plumpsen. »Gekaufte Kalender kommen mir nicht ins Haus!«, rief sie.

»Ist nicht dein Haus. Ist meins. Und mir kommen solche übertriebenen Kalender nicht ins Haus!«, rief Frohbold. »Kalender müssen einfach sein.« Er drehte einen Beutel um, aus dem ein Flummi fiel.

»Kalender muss man selbst machen! Kaufen kann jeder«, rief Schneesine.

»Wenn es jetzt schon Geschenke gibt, was soll es denn Weihnachten erst geben?!«

»Aber man weiß ja immer schon, was morgen drin sein wird!«

»Genau das ist ja so schön daran!«

Die beiden Weihnachtswesen brüllten sich an und leerten dabei unsere Kalender. Die Füllung feuerten sie hinter die Kommode.

»Hey, stoppt mal, Leute!« Ich kam hinter dem Schuhschrank hervor.

Wusch. Schon verschwanden sie in der Schublade mit den Schals und Mützen. Ich zog die Schublade auf. »Das könnt ihr nicht machen!«

Frohbold streckte seinen Kopf unter einem Haufen Strickzeug hervor. »Es liegt nicht an mir«, sagte er. »Sie lacht über unseren Schokilender.«

Ich staunte. »Du sagst auch Schokilender dazu?«

»Na klar.« Stolz streckte Frohbold seine Brust raus. »Wie du.«

»Freddi und ich kriegen den Ärger dafür.« Ich zeigte auf die Kalender. »Wollt ihr das?«

Frohbold setzte sich auf meine Schulter. »Natürlich nicht. Von mir aus könnten wir alle friedlich sein.«

Schneesine flatterte auf Freddis Hand. Ihre Wangen färbten sich rot vor Ärger. »Er will einfach bestimmen, wie Weihnachten sein soll.«

»Ich bestimme nicht! Ich weiß, was richtig ist. Und du hast keine Ahnung.«

»Sagt der Typ, der keine Ahnung hat!«

Die Weihnachtswesen guckten sich wütend an. Doch ich hatte eine ganz andere Sorge: Was, wenn Papa uns wieder erwischte? Ich kannte den Mann ja nun schon ein paar Jahre und wusste, dass ihm irgendwann der Geduldsfaden reißen würde.

Ich legte mich auf den Boden und hielt meine Nase schräg unter die Kommode. Dort lagen die Sachen, die eigentlich in die Kalender gehörten. »Könnt ihr das ganz schnell wieder in die Kalender zaubern?«, fragte ich.

»So was können wir nicht zaubern«, sagte Frohbold. »Ich kann nur Weihnachtsbäume schmücken.«

»Und ich kann nur klassische Weihnachtsdekoration zaubern.«

Ich verrate euch mal was über Weihnachtswesen: Sie verfügen über besondere, aber EHER KLEINE Zauberkräfte. Sie können wirklich nur ein bisschen zaubern.

»Dann müssen wir das selbst ganz schnell einräumen!«, sagte Freddi. Er griff sich den Beutel mit der Eins.

Zu spät. Aus dem Schlafzimmer hörte ich Reden und Kichern, und schon kamen Paula und Papa heraus. In Schlafanzügen. Paula trug dicke Stricksocken, bei denen ein Zeh rauslugte.

Papa bewunderte Paulas selbst gemachten Kalender. »Toll, dcin Kalender mit den vielen Beuteln. Lolika bekommt immer nur einen mit Schokolade«, meinte er.

Hinter ihm hing Frohbold an der Deckenlampe. Er guckte zu mir und zeigte Papa einen Vogel. »Was soll das denn jetzt?«, schimpfte der kleine Kerl. »Bis jetzt fand er unseren Schokilender immer super. Päh!«

»Richtig so!«, rief Schneesine und flatterte um Papas Kopf.

Ich bekam einen Schreck, aber die Erwachsenen reagierten nicht. Sie sahen die beiden Kleinen schließlich nicht.

Freddi hatte noch den Beutel mit der Eins in der Hand. »Und? Was war heute drin?«, fragte Paula und strich Freddi über den Kopf.

Freddi guckte fragend zu Schneesine. »Da war ein Stift drin. Ein goldener.«

»Es war ein goldener Stift«, sagte Freddi zu Paula.

Leider hatte sich Schneesine geirrt.

Paula stutzte. »Ein Stift? Nein, ein Springseil.« Jetzt betrachtete sie den Kalender genauer. Sie befühlte der Reihe nach die Stoffbeutel. Sie griff hinein. Die meisten waren leer, nur in der Neunzehn fand sie noch einen Puff-Aufkleber mit Wackelaugen.

Schneesine hielt sich die Augen zu. »Ui-ui-ui! Nein-o-nein! Das geht nicht gut aus«, stellte sie fest. Tja, da hatte sie recht.

Paula kniete sich hin und blickte unter die Kommode. Verblüfft starrte sie uns an, dann winkte sie Papa. Der guckte ebenfalls unter die Kommode.

Ärgerlich holte er das ganze Zeug hervor. Er war ein ganz besonders lieber Papa, aber so langsam reichte es ihm. »Wer war das?«, wollte er wissen. Ihr wisst ja, die Lieblingsfrage der Großen.

Wir schwiegen.

»Einer von euch beiden hat angefangen und den Kalender des anderen ausgeräumt. Deshalb hat der an-

dere sich gerächt, und so weiter. Gebt es wenigstens zu«, sagte Paula.

»Nein!«, rief Schneesine. »Sie können nichts dafür!« Aber das half uns jetzt auch nichts.

Papa zählte auf: die Klebkuchen, der Dachboden und jetzt die Kalender. »Ihr sagt uns sofort die Wahrheit, sonst werden wir richtig sauer. Wer war das?«, gebärdete er.

Freddi überlegte. Dieses Mal war er klug genug, nicht wieder von den Weihnachtswesen anzufangen, denn das würde ihm sowieso niemand glauben. Nein, dieses Mal hatte Freddi eine bessere Idee.

»Na gut, ich sag's.« Und dann? Zeigte er auf MICH. »Lolika war's. Als ich aufgewacht bin, waren beide Kalender leer. Und alles andere war sie auch.«

Ähm, wie bitte? Was? Wo? Wer? Ich stürzte mich auf Freddi, denn mit Worten war so viel Frechheit nicht beizukommen. Da halfen nur noch Nasenstüber, wie schon Schneesine festgestellt hatte. Papa erwischte mich am Arm und zog mich zurück, bevor ich meine Wut an Freddi oder wenigstens an seiner Nase auslassen konnte.

»Gemein! Gemein! Gemein!«, rief ich. »Er schwindelt!«

Papa glaubte ihm trotzdem, einfach weil es logisch war. Ich wollte Freddi nicht in meinem Haus haben, also konnte es sein, dass ich wirklich so was Fieses gemacht hatte. Papa war natürlich enttäuscht. Von mir. Und ich auch. Aber von Freddi.

Frohbold schwebte aufgebracht um Freddis Kopf herum. »Alles Lametta bei dir?!«, rief er aus.

»Er hat seine Gründe«, erklärte Schneesine ruhig.

Er hatte wirklich seine Gründe, gute Gründe, aber das habe ich erst später erfahren. Wenn wir hier schon alle ehrlich gewesen wären, statt Geheimnisse zu haben, wäre alles andere auch nicht passiert. Bloß das wussten wir ja da noch nicht.

»Du entschuldigst dich jetzt!«, meinte Papa und nickte mir auffordernd zu.

Ich machte »'m-rhm-mh« oder etwas in der Art.

»Das war keine ordentliche Entschuldigung«, fand Papa. »Sag, dass es dir leidtut.«

Die Worte bohrten sich in meinen Magen. Mir tat gar nichts leid! Es ist ja schon schlimm genug, wenn man sich für Sachen entschuldigen muss, die man angestellt hat. Aber für Sachen, die man nicht gewesen ist? Das fühlt sich fürchterlich an.

Ich ging ganz nah an Freddis Ohr heran. »Es tut mir gar nicht leid. Weil ich es nicht gewesen bin.«

Da kam Freddi auch ganz nah an mein Ohr heran. »Aber mir tut es leid. Bloß leider muss es sein.«

Paula räumte Freddis Kalender wieder ein. Ich bekam keinen neuen Schokilender, weil ich angeblich keinen verdient hatte. Das war so ungerecht, dass ich gar nicht weiter drüber reden will.

Ich holte meine Schulmappe und stieg in meinen hellblauen Schneeanzug. Papa setzte mir eine Mütze auf, dabei weiß er, dass ich Mützen nicht ausstehen kann. Er wollte wohl irgendwas Nettes machen, doch das konnte er sich sparen. Ich drückte ihm die Mütze wieder in die Hand und machte mich auf den Weg in die Schule. Freddi geht auf eine andere Schule, die bei seiner Wohnung in der Nähe ist, und deshalb gingen wir nicht zur gleichen Zeit los. Ein Glück!

Ich trat aus unserem Haus und schnaubte wütende Atemwolken in die Kälte. Mein Entschluss stand fest: Bis Weihnachten waren Freddi und seine Leute wieder weg. Ich wusste noch nicht, wie ich es anstellen sollte, aber ich würde schon dafür sorgen. Und wer schwebte neben mir und schnaubte genauso wütende, aber viel kleinere Atemwolken?

Frohbold!

Wer lässt sich das gefallen?

Ich nicht! Ist ja logisch.

Es war ein kalter Morgen. Weißer Reif lag über unserer Straße, und die Häuser glitzerten wie mit Zucker oder Salz bestreut. Die Sonne leuchtete an dem Tannenbaum vorbei, der in unserem kleinen Garten steht. Ja, es sah weihnachtlich aus, aber was hatten wir schon davon?

Stinkewütend öffnete ich unsere kleine Gartentür und stapfte los. Frohbold schwebte neben mir her. Weil er nicht wütend stapfen konnte beim Fliegen, boxte er mit seinen kleinen Fäusten in die Luft.

Ich bot Frohbold an, in meinen Schneeanzug zu kriechen, doch er winkte ab. Ihm machte die Kälte nichts aus.

Ich verrate euch mal was über Weihnachtswesen: Sie haben so viel Weihnachtswärme in sich, dass ihnen nie kalt wird. Sie sind für dieses Wetter gemacht, wie Schneeglöckchen oder Tannenbäume oder Vögel.

Bei all meiner Wut war es sehr schön, dass Frohbold da war. Zu zweit ist Aufregen nämlich viel besser und fühlt sich viel stärker an.

»Freddi hat wohl nicht mehr alle Kugeln am Baum!«, rief Frohbold. »Dich einfach so zu beschuldigen. Unverschämtheit!«

»Und mein Papa glaubt das auch noch.« Vor Wut machte ich ein ganz zerknautschtes Gesicht. »Dabei ist er MEIN Papa! Er muss immer MIR glauben – egal, was passiert ist. Und er muss immer mit den ANDEREN schimpfen.«

»Die verderben uns die ganze Weihnachtszeit!«, rief Frohbold. »Weihnachten ist das Fest der Liebe, Freude und Wärme. Und nicht der Gemeinheit, Fiesheit und Petzerei.«

Ich blieb stehen. »Das lassen wir uns nicht gefallen!

Bis Weihnachten sind die wieder weg, das verspreche ich dir!«

Frohbold nickte zufrieden und zauberte mir Lametta ins Haar. »Bloß wie?«, fragte er.

Ich sah ihn an und dampfte eine weiße Wolke aus. »Keine Ahnung. Ich bin verwöhnt. Papa kümmert sich sonst um alles.«

»Dein Papa ist gerade keine große Hilfe«, stellte Frohbold fest.

Vor lauter Schimpfen waren wir erst bis zum Nachbarhaus gekommen. Da wohnten Bogdan und Kurt. Ich gehe manchmal zu ihnen, wenn ich meinen Schlüssel vergessen habe. Dann bekomme ich Kekse und darf fernsehen. Kurt werkelte gerade im Garten herum. Er liebt Weihnachten genauso wie wir, oder vielleicht sogar noch mehr. Jedenfalls schmückt er den Garten und das Haus immer über und über mit leuchtenden Schlitten und blinkenden Weihnachtsbäumen und bunten Lichterketten. Papa findet es etwas viel, doch mir gefällt es sehr gut.

Gerade war Kurt dabei, eine Lichterkette aus künstlichen Eiszapfen am Haus anzubringen. Er wirkte ein bisschen ungeschickt dabei, weil die Lichterkette sehr lang war. »Endlich geht die Weihnachtszeit los«, sagte er zu uns. Uns? Eigentlich nur zu mir, denn er konnte Frohbold nicht sehen, ist ja logisch.

»Dann ist Hella bestimmt nicht weit«, meinte Frohbold.

»Wer?«, fragte ich.

»Was?«, fragte Kurt, denn er ahnte nicht, dass ich Frohbold geantwortet hatte und nicht ihm.

»Frohbold! Gut, dass du kommst!«, rief eine Stimme. »Ich brauche hier mal kurz Hilfe. Kurt macht die Lichterketten mal wieder falsch fest. Er lernt es wohl nie.«

Mit klopfendem Herzen lief ich ein Stück um die Hausecke. Was soll ich euch sagen? Zwischen den Eiszapfen saß jemand. Ein kleines Wesen. Es trug einen weißen Overall, und seine Lockenfrisur bestand aus feinen Lichtern. Auf den Schuhen hatte es zwei leuchtende Bommeln, und die Knöpfe leuchteten auch. Es machte sich an der Lichterkette zu schaffen.

Ich ging näher heran, da verschwand das Wesen erschrocken in den Tannennadeln. »Ich habe gerade was gesehen«, sagte ich. »Also, jemanden.«

Frohbold lachte. »Das ist Hella Schein. Sie ist ein Lichtelchen. Sie sorgt für schönste weihnachtliche Beleuchtung.«

Bei diesen Worten kam Hella Schein zwischen den Zweigen hervor und breitete die Arme aus. »Lichterleuchten, Sternenglanz – das macht Weihnachten doch erst zu dem, was es ist.«

Ich wagte kaum, mich zu bewegen, um das kleine Lichtelchen nicht zu vergraulen. Am liebsten hätte ich sogar aufgehört, zu atmen, aber das klappte nicht. Endlich traute ich mich, eine Frage zu stellen. »Es gibt noch mehr Weihnachtswesen?«

Frohbold prustete los. Und da prustete Hella Schein mit, und als sie lachte, blinkte die Lichterkette aus Eiszapfen.

»Noch mehr Weihnachtswesen?« Frohbold grölte vor Lachen und schlug in der Luft Purzelbäume.

»Der war gut!«, rief Hella Schein.

»Was ist daran so lustig?«, fragte ich.

Hella Schein tätschelte meine Wange. Sie hatte ganz warme Hände. »Kindchen, die Welt ist voller Weihnachtswesen. Sie sind überall! Jetzt hab ich auch eine Frage: Warum kannst du uns sehen?«

Frohbold erzählte, wie er sich mit Schneesine gestritten hatte. Und wie sich ihre beiden Weihnachtszauber getroffen hatten, genau über meinem Kopf. Und über dem von Freddi. »Schneesine ist nämlich bei uns eingezogen«, sagte Frohbold. »Aber sie hat überhaupt keine Ahnung von Weihnachten!«

»Oh, das Problem kenne ich«, keuchte Hella Schein aufgebracht und flog dabei so schnell um uns herum, dass ich sie kaum sehen konnte. »Bogdan hat einen Nikolaus mit in die Ehe gebracht. Der Kerl wirbelt mir hier alles durcheinander. Er will zu Weihnachten ein richtiges Festmahl mit zehn Gängen essen! Dabei gibt es bei uns immer nur gute klare Hühnersuppe. Das machen wir schon immer so.«

»Wo ist er jetzt?«, fragte ich.

»Zum Glück hat er tagsüber viel zu tun, weil er das Füllen der Stiefel vorbereitet.«

Erst jetzt merkte ich, dass Kurt mich erstaunt beobachtete. »Mit wem redest du, Lolika? Mit dir selbst?«

»Ja. Also nein. Ich spiele mit meinem unsichtbaren Freund«, erklärte ich.

»Ihr Kinder habt so herrlich viel Fantasie«, freute sich Kurt.

Hella kicherte, dann erzählte sie weiter. »Der Nikolaus will, dass alle singen zu Weihnachten. Vor allem mag er keine Lichterketten, dabei ist das Schönste an Weihnachten doch, wenn es überall glänzt und leuchtet. Aber an Weihnachten sollen nur echte Kerzen brennen. Deshalb geht er durchs Haus und macht meine Lichterketten aus.«

»Er hat eben keine Ahnung«, meinte Frohbold.

»Das finde ich auch!«, rief Hella Schein. »Weihnachten muss so sein, wie wir es wollen, Kurt und ich.« Hella kicherte. »Der Nikolaus streitet immer rum, aber am Ende macht er doch, was ich sage.« Plötzlich hellte sich Hellas Gesicht auf. Sie blickte Frohbold an. »Kann sie mir kurz was helfen?«

»Ja, kann sie machen«, sagte Frohbold einfach. Und ehe ich michs versah, musste ich eine Lichterkette entwirren. Und dann noch eine.

»Musst du nicht zur Schule?«, fragte Kurt.

Oh! Die Schule! Hatte ich glatt vergessen. Ich wollte losrennen, aber da kamen Rufe aus einer Tanne, die an der Kreuzung stand.

»Kann sie mir auch kurz was helfen?«, rief jemand.

»Klar«, sagte Frohbold. Er war wohl stolz, dass er mich kannte.

»Aber ich muss zur Schule«, sagte ich.

»Geht ganz schnell«, sagte die Stimme. »Bitte mal an der Tanne schütteln. Ich klebe fest.«

Ich ging näher, konnte aber nichts und niemanden entdecken.

»Kräftig schütteln!«, rief die Stimme.

Ich als Verwöhnte war es nicht gewohnt, dass mich jemand rumkommandierte. Trotzdem schüttelte ich ordentlich kräftig am Baum.

Heraus purzelte ein grünes Kerlchen, und ich verstand sofort, warum ich es in der Tanne nicht entdeckt hatte. Es trug einen Anzug aus Tannennadeln und hatte als Hut einen Tannenzapfen. »Ich wollte nur ein paar Zapfen an den Baum ranzaubern, aber dann bin ich mal wieder im Harz kleben geblieben.« Es starrte mich an. »Sie kann uns sehen?«, fragte es aufgeregt.

Frohbold nickte. »Ja, kann sie.«

Ich verrate euch mal was über Weihnachtswesen: Nicht alle gehören zu einem Menschen oder einer Familie. Viele sind auch einfach für ein Thema zuständig, für Geschenkpapier oder Lieder oder Weihnachtsduft.

»Das ist ein Tannenmännchen«, erklärte Frohbold. »Es kümmert sich um die Tannenbäume.«

»Falsch«, sagte das Tannenmännchen. »Ich kümmere mich auch um andere Nadelbäume. Hier zum Beispiel haben wir ein ganz prächtiges Exemplar der ...«

»Pass bloß auf! Wenn ein Tannenmännchen dich erwischt, hält es dir stundenlange Vorträge über Nadelbäume«, lachte Frohbold.

»Na und«, sagte das Tannenmännchen fröhlich. In der Hand hielt es eine kleine rote Gießkanne. Damit goss es den Tannenbaum. Ich staunte: Obwohl die Gießkanne so winzig war, kam immer mehr Wasser heraus. Das war noch nicht alles. Das Tannenmännchen zog einen Kamm aus der Tasche und kämmte damit die Nadeln des Baums!

»Jetzt muss ich wirklich losrennen«, meinte ich.

Doch daraus wurde nichts, denn ein gelbes Weihnachtswesen streckte seinen Kopf aus dem Briefkasten von Familie Barbarini. Ich erfuhr, dass es sich um ein Briefli handelte, das für Weihnachtspost und Wunschzettel zuständig war. »Gibt es Neuigkeiten?«, fragte es. »Ach, das ist ja die Lolika«, stellte das Briefli fest, als es mich sah. »Die schon so lange auf Antwort von Denny Brösel wartet.«

Natürlich staunte auch das Briefli, dass ich die Weihnachtswesen sehen konnte.

»Weißt du, warum ich keine Antwort von Denny Brösel bekomme?«, fragte ich.

»Keine Ahnung. Aber ich werde mich mal umhören«, versprach das Briefli.

Schon flog es los, um sich wegen Denny Brösel umzuhören. Und um die Neuigkeit zu verbreiten, dass ich die Weihnachtswesen sehen konnte.

Ich verrate euch mal was über Weihnachtswesen: Sie lieben Klatsch und Tratsch. Wenn das Weihnachtsfest vorbei ist, treffen sie sich im Januar gemütlich zum Tee und erzählen sich gegenseitig alle Neuigkeiten der letzten Zeit.

Wir waren nicht mal bis zur nächsten Straßenecke gelaufen, da schwebte ein weiteres Weihnachtswesen heran. Es war komplett in dicke Stricksachen eingemummelt, mit bunten Socken und einer gestreiften Pudelmütze, unter dem ein winziges Gesichtchen herausguckte. »Ich habe gehört, sie kann uns sehen?«, fragte es und zupfte meinen Schal zurecht. »Warum hat sie keine Mütze auf?«

»Ich mag keine Mützen, davon krabbelt mir der Kopf«, erklärte ich.

Ich erfuhr, dass das Wesen ein Kuschelmurkel war, zuständig für Wärme und warme Sachen. Frohbold erzählte dem Kuschelmurkel von unserem Streit mit Freddi und Schneesine. »Da müsst ihr euch aber warm anziehen«, meinte der Kleine.

»Warum?«, staunte ich.

»Das hilft immer«, meinte der Kuschelmurkel. »Und wenn euch richtig schön warm ist, vertragt ihr euch wieder. An Weihnachten müssen sich alle lieb haben.«

»Das geht leider nicht«, sagte Frohbold. Er erzählte, wie Freddi mir einfach die Schuld in die Schuhe geschoben hat.

»Hattest du dicke Socken an?«, fragte der Kuschelmurkel.

Ihr seht also, dass Kuschelmurkel keine große Hilfe sind, wenn man ein Problem lösen muss. Er wollte, dass ich ein Wollknäuel aufrollte, mit dem zwei Katzen gespielt hatten. Das musste er mir aber erst mal erklären, weil ich mich ein bisschen ungeschickt anstellte. Als das dicke Knäuel fertig war, fühlte ich mich richtig stolz.

Zwei Häuser weiter trafen wir ein Chanukkalein. Es trug eine Kerze auf dem Kopf, saß auf einem Zaun – und gähnte immerzu. Das jüdische Chanukkafest war gerade vorbei, und es wollte endlich schlafen.

Ich verrate euch mal was über Weihnachtswesen: Es gibt sie in allen Ländern und Kulturen und für alle Feste, da heißen sie dann aber anders, ist ja logisch. Wichtig ist nur eins: Sie bereiten uns Menschen besonders schöne Feste, damit wir zusammen mit anderen feiern und uns alle gut verstehen. Auf der ganzen Welt gibt es von jeher lauter Feiertage, und manche Dinge sind überall gleich: Es geht um Liebe, Freude und Wärme, um gutes Essen, um Gaben und Geschenke, um Beisammensein, Spiele und lustige Bräuche. Und darum, nett zu den anderen zu sein.

Gähnend zeigte das Chanukkalein auf einen Apfelbaum. »Ich habe monatelang das Fest vorbereitet. Jetzt will ich mein wohlverdientes Schläfchen halten. In meiner Höhle. Geht aber nicht«, brachte es müde hervor.

Frohbold und ich betrachteten den Apfelbaum. Genau davor lag ein dicker alter Computerbildschirm. Er war sehr schwer, ich zog und zerrte eine ganze Weile daran herum, bis ich es endlich schaffte, ihn wegzubuchsieren.

Hinter dem Bildschirm entdeckte ich wirklich eine hohle Stelle im Baumstamm. Das war wohl die Höhle. Ich legte das müde Chanukkalein in seine Höhle. Zum Dank zauberte es mir eine wunderschön verzierte Kerze, und kurz darauf konnte man ein leises Schnarchen hören.

Plötzlich fiel mir ein, dass ich etwas vergessen hatte – nämlich die Schule! Ich rannte los, aber unterwegs blieb ich immerzu stehen und staunte. Die ganze Stadt wuselte nur so vor Weihnachtswesen. Ich hatte ja keine Ahnung! Überall wurde vorbereitet, gesungen, geschmückt, genascht und auch stibitzt. Es wurde gelacht, gebacken, verpackt und geleuchtet.

Ich kam richtig kräftig zu spät, also zwei Stunden. Es war gerade Frühstückpause. Meine Lehrerin schüttelte nur den Kopf und las weiter aus einem Weihnachtsbuch vor.

Wer hat eine gute Idee?

Ich. Na ja, mit ein bisschen Hilfe.

Ich verrate euch mal was über Weihnachtswesen: Sie sind auch in der Schule unterwegs. Sie wuseln herum, damit es dort ein bisschen weihnachtlicher aussieht. Die Papierlinge kümmern sich um den weihnachtlichen Bastelkram der Kinder. Wenn jemand gar nicht basteln kann – das wäre dann ich –, helfen sie nach, damit das Ergebnis einigermaßen okay aussieht. Die Gemütlis legen den Lehrern und Lehrerinnen Weihnachtsbücher hin, und die Kekslein stellen Keksteller und Pralinen ins Lehrerzimmer.

In der großen Pause entdeckte ich hinten im Klassenraum zwei Heinzelmännchen, die gerade dabei waren, einen kleinen künstlichen Weihnachtsbaum zu reparieren. Heinzelmännchen zählen auch zu den Weihnachtswesen. Sie reparieren Dinge, aber das wusstet ihr ja vielleicht schon. Frohbold musste ihnen gleich helfen und neue Weihnachtsdeko an den kleinen Baum zaubern. Ich wurde auch nicht verschont und sollte das Regal mit den Weihnachtsbüchern abstauben. Na, ich danke. Fürs Abstauben sind eigentlich Wichtel zuständig, denn sie kümmern sich um Sauberkeit im Haus. Aber die haben in einer Schule so viel zu tun, dass sie nicht hinterherkommen.

Ich sah zu, wie Frohbold die herrlichste Dekoration zauberte. Ich staunte. Er konnte das richtig gut! Während er um den Baum herumschwebte, hob er die Arme und verteilte mit leichten Bewegungen bunte kleine Kugeln, glänzende Sterne und Herzen, buntes Mini-Spielzeug, rote Schleifen, goldene Tannenzapfen und silberne Eiszapfen – und natürlich Lametta. Schließlich ist er ein Lamettaling. Am Schluss ließ er noch die Lichterkette aufleuchten. Fertig war der schönste kleine Baum, den man sich vorstellen kann. Ich klatschte begeistert, und er verbeugte sich.

Auch die Heinzelmännchen waren beeindruckt. »Ihr werdet zu Hause wohl auch einen wunderschönen Baum haben«, meinten sie.

»Von wegen!« Frohbold schnaufte und erzählte von Schneesine. »Sie will keinen Weihnachtsbaum!«

Die beiden Heinzelmännchen wurden ganz rot im Gesicht. »Das geht nicht!«, meinten sie beide gleichzeitig. Keine Ahnung, wie Heinzelmännchen das machen, jedenfalls können sie richtig gut gleichzeitig reden. »Braten ja oder nein, Singen ja oder nein, das ist alles machbar. Aber beim Weihnachtsbaum ist Schluss – das dürft ihr euch nicht gefallen lassen«, sagten sie.

Wir fühlten uns richtig mutig. Genau! Wir ließen uns GAR nichts gefallen.

»Bis Weihnachten müssen wir sie loswerden«, sagte Frohbold.

»Wir wissen bloß nicht, wie«, erklärte ich.

»Müsst ihr mal Wim fragen«, schlugen die beiden vor. »Der hat bestimmt eine gute Idee.«

Ich wusste nicht, wer Wim war, aber Frohbold fand die Idee spitzenmäßig.

Nach der Schule fragten wir uns bei verschiedenen Weihnachtswesen durch und erfuhren, dass Wim an diesem Tag im Obst- und Gemüseladen unterwegs war. Der lag fast auf meinem Schulweg, also gingen wir gleich vorbei.

»Ist Wim für Apfelsinen und weihnachtliches Obst zuständig?«, fragte ich.

Frohbold lachte sich mal wieder kugelig. »Nee, du.« Mehr sagte er nicht.

Der Obst- und Gemüseladen hat einen ganz besonderen Geruch, den ich nicht gut beschreiben kann, es riecht frisch nach Obst und Gemüse, aber irgendwie auch ein bisschen nach Erde und Wasser. Der Verkäufer Herr Öztekin trug wie immer seinen blauen Kittel und legte gerade Erdbeeren für eine Kundin auf seine große Waage.

Es war ganz schön voll, doch das war mir egal, denn ich musste mich nicht anstellen. Ich bummelte durch den Laden und suchte Wim, dabei wusste ich nicht, wie er aussah. Hier waren ebenfalls Weihnachtswesen zugange, nämlich zwei Früchtchen. Ihre langen Mäntel bestehen aus Apfelsinenschalen, die mit Nelken gespickt sind. In ihren Hüten, die aus getrockneten Apfelscheiben gemacht sind, stecken Zimtstangen. Oh, ich sag's euch – Früchtchen duften herrlich! Das eine polierte gerade die roten Weihnachtsäpfel, bis sie glänzten. Das andere putzte Walnüsse und legte die größten und schönsten ganz nach oben.

Beim Putzen regten die beiden sich auf. »Erdbeeren zu Weihnachten, was soll denn das? Erdbeeren gibt es im Sommer«, sagte das eine Früchtchen mit ernstem Gesicht.

»Aber die Leute kaufen es doch«, merkte das andere, nicht ganz so ernste Früchtchen an.

»Die Leute sollen Apfelsinen und rote Äpfel kaufen. So gehört sich das.«

Wusch. Jemand oder etwas zischte an Herrn Öztekin vorbei, kullerte ein paar Kartoffeln nach unten und warf die Walnüsse durcheinander.

»Wim! Lass das!«, rief das besonders ernste Früchtchen.

Wieder sauste Wim durch die Luft und warf einer Dame das Kleingeld aus dem Portemonnaie. Mehrere Leute bückten sich und sammelten das Geld ein.

Ich kicherte.

»Was ist denn so lustig? Wir wollen auch mitlachen«, sagte die Dame und machte ein strenges Gesicht. Sie sah nicht so aus, als ob sie mitlachen wollte.

»Nix, nix«, sagte ich.

Wim schnappte sich Nüsse und warf sie einem kleinen Kerl an den Kopf, der schlafend im Regal in einem Körbchen lag. Er hob den Kopf. »Hab ich Ramadan verschlafen?«, fragte er erschrocken, sprang auf und überzog erst mal die Tomaten mit einer Zuckerschicht.

»Ja, hast du!«, rief Wim lachend.

»Quatsch!«, schimpfte das besonders ernste Früchtchen. Es schwebte zu dem Ramadanbold hinüber und erklärte ihm, dass Wim einfach nur übermütig sei. »Schlaf weiter, es sind noch fünf Monate Zeit bis zum Zuckerfest.«

»Wenn ich diesen Wim erwische«, murmelte der Ramandanbold, dann kuschelte er sich wieder in das Körbchen und schlief weiter.

»Wim!«, rief Frohbold. »Wir müssen mit dir ...« Schon hatte Frohbold seine Mütze im Gesicht, und die

Lichterkette, die sonst auf seiner Mütze hing, war um seinen Bauch gewickelt.

»Wim, jetzt hör schon auf«, sagte Frohbold lachend. »Wir brauchen deine Hilfe.«

Erst da hörte der Kleine mit der Sauserei auf und stoppte. Es war ein Wichtel, allerdings trug er auf dem Kopf ein winziges Rentiergeweih. Er hatte weite Hosen mit großen Taschen und einen bunten Strickpulli an.

Er schwebte vor meinem Gesicht herum, pikte mir in die Wange und klopfte an meine Stirn. »Ist sie das? Die Kleine, die uns sehen kann?«

Frohbold nickte. »Das ist sie.«

Das wilde Weihnachtswesen verbeugte sich. »Darf ich vorstellen: Wim, der Renwicht. Zuständig für Frechheiten, Streiche und Schabernack. Damit die Leute an Weihnachten was zu lachen haben.«

»Das passt genau«, sagte ich. »Wir suchen jemanden, der sich mit Streichen und Frechheiten auskennt.«

Herr Öztekin blickte mich erstaunt an und lächelte. »Keine Streiche und Frechheiten hier. Nimm dir lieber einen Apfel, für die Vitamine.«

Das besonders ernste Früchtchen nickte und schob mir einen Apfel hin.

Wim, Frohbold und ich kicherten und stürmten aus dem Laden. Die beiden Früchtchen folgten uns gespannt, und draußen wartete bereits das Briefli. Ihr wisst ja, wie neugierig Weihnachtswesen sind. Alle schwebten um mich herum, als ich mich auf eine Parkbank in die Wintersonne setzte und unser Problem erklärte.

Die Weihnachtswesen regten sich ordentlich über Freddi auf, sie schnauften und schnieften. »So ein Gauner!«, rief das nicht ganz so ernste Früchtchen.

Wim schlug ein paar Purzelbäume in der Luft. »Da gibt es nur eins: Ihr müsst sie vergraulen. Mit allen Mitteln.« Er haute sein Geweih an meinen Kopf. »Bis Weihnachten sind die wieder weg.«

Frohbold klatschte. »Bloß wir wissen nicht, wie das gehen soll.«

Wir blickten Wim an. »Ihr spielt Streiche, Streiche, Streiche. Humbug, Schabernack, Unsinn. Bis sie von allein ausziehen«, sagte er.

»Aber dann bekomme ich wieder Ärger mit Papa!«, rief ich erschrocken.

Wim grinste sein niedliches und sehr freches Lächeln. »Das ist das Beste daran: Das schiebst du alles diesem Freddi zu. Genau so, wie er es mit dir gemacht hat.«

Ich nickte andächtig. Wim hatte recht. So könnte es klappen.

Von da an wurde es SELTSAM. Nicht auf die Art und Weise, wie ihr jetzt vielleicht denkt. Es passierte etwas, mit dem Frohbold, Wim und ich nicht gerechnet hatten.

Wer ist hier komisch?

Also, noch komischer als sonst? Freddi und Schneesine!

Gleich am nächsten Tag ging es los. Ihr wisst schon, mit den Streichen. Wir trafen uns morgens in der Küche, Freddi und ich. Treffen ist vielleicht nicht ganz das richtige Wort, weil das so klingt, als hätten wir uns verabredet. Das haben wir natürlich nicht.

Ich denke mal, für Freddi hatte der Tag schön angefangen, so richtig gemütlich. In aller Frühe war er aufgestanden und hatte gedacht, dass wir anderen noch schliefen. Und dass niemand merkte, wie er in der Küche verschwand. Jedenfalls machte er auf Heinzelmännchen und war mehr als leise in die Küche geschlichen, um niemanden zu wecken.

Er war noch gar nicht lange zugange, als ich ebenfalls Richtung Küche schlich und genauso leise die Klinke runterdrückte. Ich hatte auch in der Küche zu tun. Aber nicht wie ein Heinzelmännchen, sondern wie ein Renwicht.

»Was machst du denn schon hier?«, fragte Freddi erstaunt.

»Die Frage ist, was du hier machst«, gab ich zurück.

»Wir backen die weltbesten Plätzchen«, sagte Schneesine. »Als Überraschung zum ersten Advent.«

»Sie kennt nämlich gute Rezepte«, sagte Freddi.

»Die besten«, schob Schneesine hinterher.

»Hättest du die Kekse nicht festgeklebt, müsstest du jetzt keine neuen backen«, brummelte Frohbold.

»Päh!«, machte Schneesine. »Wir brauchen euch hier nicht. Ihr könnt wieder in die Heia gehen.«

»Geh du doch in die Heia«, gab Frohbold zurück.

Freddi knetete Teig zusammen. Er hatte sich sogar eine Schürze umgebunden. Er dachte wohl, dass es niedlich aussieht. Na ja, okay, es sah süß aus. Aber trotzdem.

»Habt ihr's mitbekommen? Draußen vor dem Haus verschenkt ein Nikolaus gerade Spielzeug. Ich habe mir schon Rollschuhe geholt«, behauptete ich.

»Was?!« Freddi rannte los, und Schneesine folgte ihm.

Jetzt aber schnell! Ich schnappte mir die Schüssel. Der Teig duftete ziemlich lecker nach Butter und Vanille. Ganz besonders für Leute, die früh aufgestanden waren und nicht gefrühstückt hatten.

Ich zum Beispiel. Ich stopfte mir etwas Teig in den Mund, und auch Frohbold kostete.

Und dann ... ach, das erfahrt ihr ja gleich.

Als Freddi und Schneesine zurückkamen, waren wir gerade fertig. »Was machst du mit der Schüssel?«, fragte Schneesine erschrocken. Sie zog daran.

»Wir haben euren leckeren Teig gekostet«, sagte Frohbold und zog auch an der Schüssel.

Niemand wollte nachgeben. Weihnachtsengel und Lamettaling zogen und zerrten. Gerade öffnete sich die Küchentür, und Paula kam herein. Verwundert blickte sie auf die Schüssel, die sich wie von allein hin und her bewegte. Sie rieb sich die Augen. Schnell ließen die beiden Weihnachtswesen die Schüssel los.

Paula sah richtig hungrig aus und gönnte sich einen ganzen Löffel Teig. Ich werde nie vergessen, wie sie zur Spüle rannte und den Teig direkt wieder ausspuckte. Und Freddis Gesicht! Total verwundert. Er konnte es nicht fassen, dass seine Mutter den Teig einfach ausspuckte. Dabei hatte Schneesine doch das weltleckerste Rezept auf Lager.

»Was ...?« Freddi rüttelte an Paulas Rücken, aber sie reagierte nicht, sie musste erst mal ein Glas Wasser trinken.

Ist ja klar, was Freddi machte: Er steckte seinen Finger in den Teig und kostete. Dann rannte er neben Paula an die Spüle und spuckte den Teig auch aus. »Bäh!«, rief er. »Iiih!«

Papa kam dazu. »Mhm! Keksteig!«, gebärdete er und steckte seinen Finger in den Teig.

»Nicht!« Ich zog an seinem Schlafanzug.

Aber Papa war schneller und futterte los. Dann stürzte er hinter den anderen zur Spüle. Alle schüttelten sich um die Wette.

»Der Teig ist ungenießbar«, sagte Paula.

»Total versalzen!«, stellte Schneesine fest, die jetzt auch gekostet hatte. »Was ist denn da passiert? Dabei kann ich so gut backen!«

»Da haste irgendwas falsch gemacht, Freddi«, meinte Papa.

Freddi überlegte. Er flüsterte mit Schneesine und blickte zu mir. Seine Augenbrauen gingen hoch, und er zuckte mit den Schultern.

»Was flüsterst du denn da vor dich hin?«, fragte Paula.

»Nur so«, sagte Freddi.

Schneesine sauste auf Frohbold zu. Frohbold haute ab. Die beiden rasten durch die Küche. Eine Vase wackelte, und Papa sprang erstaunt dazu, um sie aufzufangen.

Ich wartete darauf, dass Freddi versuchen würde, das Ganze auf mich zu schieben. Aber dieses Mal würde ihm das nicht gelingen, denn schließlich war er der Bäcker und stand in seiner Schürze da.

»Ich glaube, ich habe Zucker und Salz verwechselt. Weil ich meine Brille nicht aufhatte«, sagte Freddi.

Hä? Frohbold und ich guckten uns an. »Was soll das denn jetzt?«, rief Frohbold.

Papa lachte. Er strubbelte Freddi über die Frisur. »Kleiner Schussel«, sagte er, und da lachte Paula auch.

Fröhlich fing sie an, neuen Teig zu mischen. Papa kochte Kaffee und Kakao. Und dann machten sie einfach eine gemütliche Weihnachtsbäckerei aus unserer Versalzung.

»Ach so, ich hab noch was.« Freddi rannte los und kam mit einem Kalender wieder. Mit einem Schokilender. »Für dich«, sagte er. »Damit du auch einen Kalender hast.«

Ich starrte ihn an. Weil Papa und Paula mich beobachteten, musste ich den Schokilender nehmen. »Danke«, sagte ich.

Die Großen wischten sich Tränchen weg und drückten sich heimlich die Hände. Ich hab's trotzdem gesehen, weil ich immer sehr viel mitbekomme. Sie dachten wohl, dass es langsam besser wurde mit Freddi und mir. Weit gefehlt.

Frohbold und ich kochten vor Wut. Freddi hatte unseren Plan richtig schön vereitelt. Mit Liebsein. Das war ja wohl die Höhe!

So leicht ließen wir uns nicht abWIMmeln. Und am Wort merkt ihr es schon: Gleich am nächsten Tag dachten wir uns den nächsten WIM-artigen Streich aus.

In der Weihnachtszeit schicken Paula und Freddi

immer hübsche Weihnachtskarten an ihre Freunde und ihre Familie. Paula hat dafür extra ein Bild gezeichnet, mit einer verschneiten Winterlandschaft, und darauf stand:

Wir wünschen euch
ein schönes Weihnachtsfest!

In diesem Jahr sollten Papa und ich auch mitmachen und Karten an alle schreiben, denen wir eine liebe Nachricht zukommen lassen wollten. Wir saßen zu viert am Tisch. Ich tat mich total schwer mit diesen Karten, weil ich einfach nicht wusste, was ich schreiben sollte. Papa ging es wohl genauso, denn seine Karten waren auch noch leer, und er machte nebenbei was am Handy.

»Das machen wir sonst nie!«, rief Frohbold. »Ich sehe den Sinn gar nicht.«

»Ihr seid bloß zu faul, Karten zu schreiben«, behauptete Schneesine. »Weihnachtskarten sind eine schöne alte Tradition und gehören zu Weihnachten dazu.« Dann hängte sie die Weihnachtskarten, die Paula und Freddi von anderen bekommen hatten, hübsch an eine lange Schnur.

Papa und ich dachten uns zusammen einen sehr kurzen Text aus, den schrieben wir auf alle Karten. Als wir endlich fertig waren, schnappte ich mir die Karten und bot an, sie zum Briefkasten zu bringen.

Ich setzte mich in den Flur und zog mich an. Ja, die Karten sahen hübsch aus. Eigentlich waren Weihnachtskarten eine gute Sache. ABER: Wir mussten weiter an unserem Plan arbeiten. Außerdem hatte Frohbold schon angefangen. Mit einem Stift schrieb er ein K dazu. Und jetzt ratet mal, an welche Stelle.

Wir wünschen euch
kein schönes Weihnachtsfest!

»Also, ich weiß nicht«, sagte ich. »Das ist ganz schön fies.«

»Genau!«, sagte Frohbold. »Darum geht es doch.«

Schneesine flatterte heran. »Was macht ihr da?«

»Nichts, nichts«, sagte Frohbold. Schnell packte ich die Karten ein.

Am Briefkasten trafen wir das Briefli. Es lobte uns begeistert, weil wir so schön viel Weihnachtspost geschrieben hatten. Wir warfen die Postkarten ein. Dieses Mal würde Freddi unseren Stänkerplan nicht durchkreuzen.

Oder?

Am nächsten Tag, als wir beim Abendbrot saßen, klingelten unsere Nachbarn, Kurt und Bogdan. Wir liefen alle vier zur Tür. Kurt hielt eine Weihnachtskarte in der Hand und guckte ernst.

Frohbold kicherte. »Jetzt pass auf!«, rief er.

»Pass du mal lieber auf«, kicherte Schneesine zurück.

»Wir wollten uns bedanken für die hübsche Postkarte«, sagte Bogdan. »Die ist ja ganz bezaubernd. Und die schönen Sterne! Eine wundervolle Idee.«

Ich nahm ihm die Karte aus der Hand.

Wir wünschen euch
ein schönes Weihnachtsfest!

stand jetzt wieder drauf. Und an der Stelle, wo Frohbold das K hingeschrieben hatte – da klebten Strohsterne. Ich starrte Freddi an, und Frohbold starrte Schneesine an.

»Sterne?«, wunderte sich Paula. Sie nahm die Karte. »Oh, das sieht wirklich schön aus. Hm, das müssen wohl …« Sie guckte Freddi und mich an. »… das müssen wohl unsere Weihnachtswesen gewesen sein.« Sie zwinkerte mir zu. Sie wusste gar nicht, wie recht sie hatte!

»Wie hast du das gemacht?«, schimpfte Frohbold.

»Ich bin euch gestern gefolgt«, erklärte Schneesine. »Hab ich gleich gemerkt, dass ihr wieder was ausheckt. Bevor die Post abgeholt wurde, bin ich in den Postkasten reingeschlüpft und habe auf deine Ks

Sterne gezaubert. Gut, ne?« Der kleine Weihnachtsengel war richtig stolz.

Auch Freddi grinste zufrieden.

Und Paula und Papa? Die lächelten sich wieder so glücklich zu, weil sie dachten, dass Freddi und ich gemeinsam gebastelt hätten.

Na warte! Beim nächsten Mal musste es klappen, denn die Sache ging bis dahin gründlich nach hinten los.

Zum ersten Advent wollte Paula einen großen Kranz flechten. Sie zog mal wieder ihre Naturnummer ab, und wir mussten erst mal im Wald Tannenzweige holen. Papa fand es toll, dass wir zusammen spazieren gingen, aber ich finde spazieren gehen langweilig. Als ich kurz mit Freddi allein war, auf dem Waldweg, habe ich ihn gefragt, was das Ganze sollte. Warum er plötzlich wieder auf lieb und artig machte.

»Geht nicht anders«, sagte er nur und tat so, als müsste er ganz viele Tannenzapfen und Kienäpfel einsammeln.

»Warum hast du Lolika eigentlich verpetzt?«, fragte Frohbold. »Obwohl sie gar nichts gemacht hat?!«

»Ging auch nicht anders«, sagte Schneesine, und Freddi nickte.

Das war alles sehr rätselhaft und komisch. Ich betrachtete Freddi von der Seite. Er hatte ein Geheimnis, so viel war klar – nur welches?

Jedenfalls hat Paula aus den Tannenzweigen einen Kranz geflochten. Schneesine und Freddi haben ihn mit Moos und Zimtstangen und getrockneten Apfelsinen, mit Tannenzapfen und Hagebutten verziert. Es sah sehr schön aus, doch mir fehlte der Glitzerkram, den wir immer auf unseren Kranz kleben. Und hier ging es schließlich ums Prinzip – wir machten das schon immer so!

Frohbold hatte die Idee, den Adventskranz mal so richtig zu dekorieren.

»So richtig richtig, verstehst du?«, sagte er verschmitzt und legte los. Er schwebte über dem Kranz herum, schwang die Arme und zauberte glitzernde Weihnachtsbaumkugeln auf den Kranz, dazu Glöckchen und Schleifchen. Er machte immer weiter, und bald war der Kranz nicht mehr zu sehen.

»Hey, nadelt's bei dir?«, rief Schneesine.

»Aufhören!«, sagte Freddi.

»Das reicht«, sagte ich.

Aber Frohbold machte einfach weiter. Er zauberte Lametta auf den Kranz. Und auf den Tisch. Und um die Teetassen. »Ich lamettere jetzt die Wohnung ein«, keuchte der kleine Lamettaling.

Das schaffte er zum Glück nicht, denn Paula und Papa kamen ins Zimmer. Sie starrten den silbernen Tisch an. Und dann uns.

Freddi lächelte. Und dann? Legte er seinen Arm um meine Schulter! »Wir haben Lametta gefunden. Auf dem Spielplatz. Das hat einer weggeworfen«, sagte er. »Das ist Kunst.«

»Oh, Kunst«, meinte Papa. Er legte sich Lametta auf den Kopf, und Paula fotografierte ihn. Und dann machten sie ein Foto mit uns allen und ganz viel Lametta. »Eine glänzende Familie«, schrieben sie dazu und schickten das Foto an ihre Freunde. Alle freuten sich und schickten lustige Nachrichten zurück.

Das war doch alles überhaupt nicht Sinn der Sache! Frohbold tobte wütend durch die Gegend. Es gelang uns einfach nicht, einen Streit herbeizuführen. Was war hier los? Erst schwärzte Freddi mich an für etwas, das ich gar nicht gewesen bin. Und jetzt, wo ich es wirklich war, petzte er nicht?

Freddi und Schneesine führten etwas im Schilde – aber was?

Wer kann helfen?

Ich nicht. Aber Frohbold.

Doch erst mal passierte was ganz anderes, nämlich gleich morgens, beim Aufwachen. Es klopfte. Nicht an der Tür oder am Fenster, sondern an meinem Kopf. Ich guckte hoch. Vor mir flatterte das Briefli.

Ich verrate euch mal was über Weihnachtswesen: Sie können durch Schlüssellöcher schlüpfen, und auch durch kleine Ritzen unter der Tür oder im Fensterrahmen huschen. Das hat irgendwas mit ihrer Unsichtbarkeit zu tun, und mit Physik, besser kann ich es nicht erklären. Und falls ihr euch das jetzt fragt: Nein, ich kann es nicht. Ich kann die Weihnachtswesen zwar sehen, aber ich kann weder zaubern noch durch Schlüssellöcher schlüpfen oder mich unsichtbar machen.

Auf der anderen Seite des Zimmers schlief Freddi, und neben ihm auf einem Zweig Tannengrün schlummerte Schneesine. Ich wollte die beiden auf keinen Fall wecken, deshalb stand ich schnell auf und winkte dem Briefli. Es setzte sich auf meine Schulter, und zusammen mit Frohbold verließen wir das Zimmer. Freddi schlief zum Glück weiter und hatte nichts bemerkt.

Morgens ist es sehr kalt in unserem Haus. Wir haben Kachelöfen, und die muss Papa erst mal heizen, wenn er aufsteht. Das war schon immer so, deshalb wusste ich, was zu tun war: Ich schlüpfte in Papas Bademantel, der im Bad hing. Dann schlich ich in die Küche.

Das Briefli war ganz aufgeregt. »Ich habe gute Nachrichten. Wegen deiner Briefe. Und weil du nie eine Antwort von Denny Brösel bekommst.«

Frohbold und ich warteten gespannt. Das Briefli entdeckte meinen Wunschzettel, der am Kühlschrank hing. »Kind, den musst du dringend abschicken! Na, ich nehm ihn gleich mit.« Schon zog das Briefli meinen Wunschzettel vom Kühlschrank, zauberte einen goldenen Umschlag und steckte ihn in seine Tasche.

»Danke«, sagte ich. »Und? Was hast du rausgefunden?«

»Ach so, ja! Ich habe mich umgehört und rausgefunden, warum du keine Antwort bekommst. Weil niemand Antworten schreibt.«

Frohbold runzelte die Stirn. »Also weißt du, das ist doch logisch!«

»Ja, aber sonst gibt es jemanden, der die vielen Leserbriefe beantwortet. Der ist bloß schon lange krank, und die Briefe stapeln sich.«

»Das ist gar keine gute Nachricht!«, stellte ich enttäuscht fest.

»Doch! Ich habe nämlich eine Idee: Wenn die deine Briefe nicht beantworten, musst du eben dein eigener Brief sein.«

Frohbold und ich starrten das Briefli an. Okay, es war früh am Morgen, und ich war müde, aber diese Idee hätte ich auch mittags nicht verstanden.

»Na, du fährst einfach hin und fragst selbst«, erklärte das Briefli.

»Geht das denn?«, fragte ich.

»Warum nicht? Du hast doch die Adresse vom Fernsehstudio.«

Ja, die Adresse kannte ich auswendig, weil ich ja jeden zweiten Tag hinschrieb. Das Briefli hatte recht! Ich musste mein eigener Brief werden.

Was ich als Nächstes machte, war klar: auf ins Studio! Ich schlang ein paar Cornflakes runter und stellte Papas Computer an. Im Internet suchte ich mir den Weg zum Studio raus und schrieb mir alles genau auf. Ihr wisst ja – ich habe kein Handy. Ich schlüpfte in meinen Schneeanzug, und mein Blick fiel auf die Schulmappe, die schon gepackt im Flur stand. Oh, oh, jetzt hätte ich fast schon wieder die Schule vergessen! Also trabte ich erst mal zur Schule, vorbei an dem Lichtelchen Hella Schein, dem Kuschelmurkel und dem Tannenmännchen. Natürlich trafen wir auch Wim, den Renwicht, und er wollte hören, wie unsere Streiche liefen. Dass Freddi unsere Streiche in etwas Gutes umdrehte, fand Wim furchtbar lustig. Ich glaube, das hat seinen Ehrgeiz und seine Lust auf Unsinn noch mehr angestachelt, und das war nicht gut.

Am Nachmittag konnte ich es kaum erwarten, ins Studio zu fahren, und direkt nach der Schule rannte ich zur Straßenbahnhaltestelle. Frohbold flatterte aufgeregt vor meiner Nase herum, bis ich ihm sagte, dass er bitte *neben* mir fliegen soll und nicht direkt vor mir. Wir fuhren mit der Straßenbahn Nummer 21 und danach mit der Straßenbahn Nummer 9. Dann mussten wir noch ein Stück laufen und drei Mal nach dem Weg fragen.

Endlich gelangten wir zum großen Studio, in dem DIE DENNY-BRÖSEL-SHOW gedreht wurde. Es war ein Neubau, sehr schick und mit viel Glas, aber es stand nix von Denny Brösel draußen dran. Auf dem Schild stand nur »TV-Studio«. Wahrscheinlich, damit die vielen Fans von Denny nicht immer davor warteten.

Als wir uns durch die Drehtür schoben und die gewaltige Eingangshalle betraten, wurden wir sofort vom Pförtner abgefangen. Er war ein älterer, sehr großer Mann mit vielen blonden Locken und einem bunten Schlips. Ich erklärte ihm, dass wir zu Denny Brösel wollten, und meine Stimme hallte in dem riesigen Raum.

Der Pförtner runzelte die Stirn. »Wir?«

Hach, ich vergesse immer, dass die anderen Leute keine Weihnachtswesen sehen können.

»Ich. Ich will zu Denny.«

»Wollen will ich auch viel«, meinte er.

Ich sagte nichts. Das war so ein komischer Satz, den Große sagen, aber ich wusste nicht, was er bedeuten sollte.

»Was willst du denn von ihm?«, fragte er weiter.

»Das erkläre ich ihm lieber selbst.« Ich hatte nicht vor, dem Mann von meiner Überraschung zu erzählen.

»Der Denny ist heute nicht da«, sagte er mufflig. »Das ist doch eine Live-Sendung.«

Ich zuckte mit den Schultern, und auch Frohbold konnte damit nix anfangen. »Was heißt das?«, fragte ich.

»Live heißt, dass es nicht aufgezeichnet wird. Der Denny ist direkt hier im Studio und macht die Sendung genau dann, wenn sie im Fernseher läuft. In Echtzeit.«

Oh, darüber hatte ich gar nicht nachgedacht. »Dann müssen wir am Sonnabend wiederkommen, wenn die Sendung im Fernsehen läuft?«, fragte ich.

»Das hat keinen Sinn«, meinte der Pförtner. »Der Denny hat immer viel zu tun, ich glaube nicht, dass er Zeit hat, mit einem Kind zu plaudern.«

»Aber ... meine Überraschung«, sagte ich ratlos und

blickte Frohbold an. »Was sollen wir jetzt machen?«, fragte ich leise.

Plötzlich fing Frohbold an, zu winken. »Na, so was! Das ist doch Jimmy Glitzer!«, rief er.

Ein Weihnachtswesen, das sich gerade noch am Weihnachtsbaum neben dem Pförtnerbüro zu schaffen gemacht hatte, sah auf. Es riss begeistert die Augen auf, dann schwebte es zu uns heran.

»Frohbold, altes Haus! Lange nicht gesehen!« Die beiden klopften sich auf die Schultern und freuten sich.

Jimmy trug einen schicken Anzug, der war ganz aus Gold, und einen goldenen Hut. »Gestatten, Jimmy Glitzer«, sagte der Kleine und streuselte mit der Hand etwas Glitzer über dem Pförtner aus. Der wunderte sich und nieste, als er es in die Nase bekam.

»Jimmy ist ein Glitzerli«, erklärte Frohbold. Mehr musste er nicht sagen, denn es war klar, wofür er zuständig war. Jimmy Glitzer und Frohbold plauderten über den Stress in der Vorweihnachtszeit.

»Sag mal, kennst du Denny Brösel?«, fragte Frohbold.

»Natürlich! Ich arbeite seit Jahren mit Denny zusammen«, sagte Jimmy Glitzer. »Ich kümmere mich um die weihnachtliche Deko in seinem Studio.«

Ich erzählte ihm von den vielen Briefen, die ich geschrieben hatte und auf die ich nie eine Antwort bekommen hatte.

»Der Denny ist ein ganz Netter, aber er bekommt sooo viel Post von seinen Fans. Fast so viel Post wie

der Weihnachtsmann«, meinte Jimmy. »Das kann er gar nicht alles lesen und beantworten. Deshalb hat er einen Kollegen, der für ihn die Briefe beantwortet.«

»Jaja, und der ist krank, das wissen wir schon«, sagte ich.

»Krank? Von wegen.« Jimmy schnaufte. Er erzählte

uns, dass sie beim Fernsehen Geld sparen müssen. Und dass sie niemanden mehr bezahlen wollten, der die Briefe beantwortet. »Die Briefe bleiben einfach liegen. Stellt euch mal vor, sie sparen sogar an der weihnachtlichen Dekoration! Und am GLITZER!«

»Nein!«, rief Frohbold empört aus. »Lametta?«

Jimmy schüttelte den Kopf. »Fehlanzeige.«

»Das geht doch nicht«, fand Frohbold.

»Allein kann ich kein ganzes Studio schmücken, das schaffe ich einfach nicht«, beschwerte sich das kleine Glitzerli. »Deshalb sieht es nicht mehr so schön aus wie früher. Die Weihnachtssendung von Denny ist ja immer etwas ganz Besonderes. Aber in diesem Jahr? Sparprogramm.« Es verschränkte die Arme.

»Weißt du, was? Ich helfe dir«, sagte Frohbold. »Ich komme vor Weihnachten vorbei und bringe noch ein paar Leute mit. Zusammen zaubern wir dir eine ordentliche Glitzerpracht in dein Studio.«

»Wirklich?« Jimmy Glitzer war glücklich. »Kann ich euch auch irgendwie helfen?«, fragte er.

Na, da fiel mir gleich was ein. »Kannst du Denny einen Brief überbringen?«, fragte ich.

Dann erzählte ich ihm von meiner Idee, dass Denny als Überraschung für Papa einen Gruß in Gebärdensprache in seiner Weihnachtssendung unterbringen könnte. Jimmy fand die Idee riesenprächtig. »Das kriegen wir schon irgendwie hin. Das muss einfach klappen. Bei so einer schönen Idee.«

Ich verrate euch mal was über Weihnachtswesen: Sie lieben Helfen. Und sie machen es auch oft, weil alle was anderes können. Zusammen ergibt sich erst so eine richtig schöne Weihnachtsstimmung.

Ich holte meine Schulsachen raus und schrieb einen neuen Brief an Denny Brösel, der genauso war wie die anderen. Aber dieses Mal klebte ich keine Briefmarke drauf, und das sparte wenigstens mal ein bisschen Taschengeld. Ich schrieb auch keine Adresse drauf, sondern nur:

FÜR DENNY, SEHR WICHTIG, BITTE GLEICH LESEN.

Jimmy versprach, den Brief direkt auf den Schreibtisch von Denny zu legen. »Ich reibe ihm den Brief so lange unter die Nase, bis er ihn liest. Verlass dich drauf.«

Ich seufzte laut und erleichtert aus.

Wer erkennt seine eigenen Schuhe?

Wir vier Leute aus der Wurschtel-Familie jedenfalls nicht.

Unser nächster Streich ging am Abend los. Es war der 5. Dezember, und da wisst ihr jetzt vielleicht schon, welche Richtung das Ganze nehmen wird. Ich stellte meine nassen Winterstiefel in den Flur. Damit der Nikolaus in der Nacht etwas reintun konnte. Oder besser gesagt EIN Nikolaus, denn wie ich mittlerweile weiß, gibt es mehrere.

Schneesine kam empört angeflattert und warf meine Stiefel um. »Die sind nicht geputzt!«, beschwerte sich der Weihnachtsengel.

Nun kam auch Paula dazu und sah die Stiefel. Sie sagte freundlich, ich sollte doch bitte meine Schuhe putzen, sonst würde der Nikolaus da nichts reintun.

Ähm, wie bitte? Schuhe putzen? Ich wusste gar nicht, wie das geht. Das macht doch immer mein Papa. Und außerdem – was hatte das mit dem Nikolaus zu tun?

»Dem Nikolaus ist das egal«, fand auch Frohbold. »Er liefert sein Geschenk ab, und fertig.«

»Ein Geschenk?«, empörte sich Schneesine. »Es gibt ein paar Nüsse und Orangen. Und vielleicht einen Schokoladenmann. Aber nur, wenn die Schuhe wirklich blitzen.«

»Kein Geschenk zum Nikolaus?«, rief Frohbold. »Geht das schon wieder los mit dir? Dass du alles auf den Kopf stellst?«

»Ein Geschenk haben wollen und nicht mal Schuhe putzen!«, gab Schneesine schnippisch zurück.

»Schuhe putzen ist unlogisch, denn morgen sind sie wieder dreckig«, sagte ich zu Schneesine, doch Paula dachte, dass ich sie meinte.

»Aha? Na, mir ist es egal«, sagte Paula. »Aber in dreckige Schuhe legt der Nikolaus nun mal nichts rein.«

»Doch!«, rief ich. »Deiner vielleicht nicht. Meiner schon.«

Papa kam dazu, und ich erklärte ihm alles. Er meinte, dass man seine Schuhe EIGENTLICH putzen müsse und dass er da in den letzten Jahren wohl etwas nachlässig gewesen sei. Es stellte sich heraus, dass er meine Stiefel nachts geputzt und wieder vor unsere Tür gestellt hatte. Er grinste schief. Paula verdrehte lachend die Augen.

Er hatte es schon wieder getan! Einfach – schwupp – auf Paulas Seite gehüpft. Und ich? Allein zurückgelassen auf der Insel der verwöhnten Kinder.

Ich guckte die Großen böse an, zog meine – dreckigen – Stiefel über und stapfte los. Papa wollte wissen, wo ich hinging, und ich meinte, ich würde den Nikolaus selbst fragen, wie er das sieht. Diese Idee fand Papa gut. Er lächelte und meinte nur, ich solle danach gleich wiederkommen, denn natürlich dachte er, dass ich mir wieder so eine süße Kindergeschichte ausdachte. Der Mann hatte ja keine Ahnung!

Frohbold und ich suchten Hella Schein, schließlich hatte sie einen Nikolaus in der Familie. Wie wir schon erfahren hatten, gehörte er zu Bogdan und hatte ganz andere Vorstellungen von Weihnachten als Hella Schein. Sie war allerdings nicht im Garten beschäftigt, sondern düste mit dem Tannenmännchen um das Haus von Familie Barbarini. Sie zogen eine der Lichterketten zurecht, die Herr und Frau Barbarini ziemlich schief angebracht hatten. Auch Frohbold half sofort mit. Gemeinsam zauberten sie die kleinen Lämpchen wunderschön um eine Tanne herum. Frohbold verteilte noch ein paar rote Schleifen.

Haltet den Erwachsenen mal kurz die Ohren zu. Hella Schein bestätigte nämlich, dass der Nikolaus riesigen Wert auf geputzte Schuhe legt. Und man sollte sie sogar selbst putzen – die Großen dürfen das also nicht für euch machen. Aber ich schlage vor, dass wir ihnen das nicht verraten. Sonst kommen sie noch auf dumme Gedanken.

Schon war Wim, der lustige kleine Renwicht, zur Stelle. Ich brauche euch nicht zu sagen, dass er erst mal die Lichterkette wieder verwirbelte. Weil ihm das noch nicht lustig genug war, holte er einen Stiefel, der bereits für den Nikolaus vor dem Haus von Familie Barbarini stand, und steckte ihn auf die Spitze der Tanne. Dann lachte er.

Er erkundigte sich, wie unsere Streiche so liefen, und wir mussten ihm leider berichten, dass wir keinen Erfolg hatten.

»Im Gegenteil«, sagte Frohbold. »Alle sind zufrieden und haben sich LIEB.« Bei dem Wort LIEB verdrehte er die Augen.

»Ui!«, rief Wim. »Ui, ui. Dann müssen wir einen Zahn zulegen.« Schon hatte er eine prächtige Idee. »Wir vertauschen morgen früh Schuhe. Das wird lustig.«

Hella Schein kicherte. »Das wird den Nikolaus ordentlich ärgern.«

»Ich weiß nicht«, sagte ich. »Ist das nicht ein bisschen zu schlimm?«

»Sind doch nur ein paar Schuhe«, sagte Wim, und seine Augen leuchteten wild und frech. »Weihnachten muss es lustig zugehen, weil es so kalt und dunkel draußen ist.«

»Vor allem, wenn man Weihnachtsengeln damit ein Schnippchen schlagen kann«, meinte Frohbold.

Am nächsten Morgen, also am Nikolaustag, hörte ich ganz früh draußen Gekicher und Gerumpel und Gerufe. Wim flatterte vor meinem Fenster herum und winkte mir aufgeregt zu. Es war noch dunkel, aber Hella Schein flatterte neben Wim und beleuchtete ihn mit ihren strahlenden Knöpfen und ihrer Lampenfrisur.

Frohbold stürmte los, und ich stürzte hinterher. Unterwegs schnappte ich mir noch Papas Bademantel. Ich riss die Haustür auf.

Und blieb erschrocken stehen.

Wir haben eine sehr schöne Blautanne vor dem Haus. Wir haben sie gepflanzt, als ich drei Jahre alt war, und da ging mir die Tanne bis zur Nase. Letztes Jahr war sie schon halb so groß wie unser Haus, und aus dem ersten Stock konnte man die Spitze sehen. Die Tanne war mit einer Lichterkette geschmückt. So weit, so gemütlich. Aber auf den Zweigen steckten Schuhe. Und Stiefel, Hackenschuhe, Kinderschuhe, Gummistiefel. Einfach alles, was sich Schuh nennt.

Oh weh!

In diesem Moment kam Bogdan über die Straße gerannt. Auf Socken. »Lolika, meine Schuhe sind weg. Kannst du dir so was ...« Erschrocken blieb er stehen.

Es steckten nämlich nicht nur unsere Schuhe auf den Zweigen, sondern auch die Schuhe von Bogdan.

Hinter ihm schwebte ein Weihnachtswesen in einem roten Mantel und schwarzen Stiefeln heran. Ihr ahnt es? Klar, der Nikolaus von Bogdan. Er schlug die Hände über dem Kopf zusammen, flatterte um den Baum herum und war fassungslos. »Das sind 32 Paar ungeputzte und 14 Paar geputzte Schuhe«, stellte er fest.

»Oha!«, sagte Freddi, als er dazukam. »Schuhe.«

Verschlafen stellte sich Papa hinter mich. »Was ist denn hier los?«, gebärdete er und starrte den Baum an. Dann stellte er seine neue Lieblingsfrage. »Wer war das?« Es sah ein bisschen lustig aus, weil neben Papa der Nikolaus flog. Ich kicherte, aber das fand Papa nicht so gut. »Ich will wissen, wer das war«, wiederholte er.

»Das ... das war ...«, begann ich.

Schneesine lehnte sich an Freddis Hals und sah mich abwartend an. »Das wagst du nicht«, sagte der kleine Weihnachtsengel.

Was sollte ich sagen? Einen kleinen Schuh-Scherz hätte ich Freddi, ohne mit der Wimper zu zucken, in die Schuhe geschoben. Aber das hier? Das war ein bisschen zu groß und schlimm, sogar für Freddi-Strahlemann.

»Mir ist egal, wer das war«, meinte Bogdan. »Ich muss zur Arbeit und brauche sofort meine Schuhe.«

»Mir ist es nicht egal!«, sagte der Nikolaus.

Papa und Bogdan schüttelten den Baum, und schon fielen alle Schuhe ab. Mittlerweile waren auch Kurt, Familie Barbarini und noch drei weitere Leute aus unserer Straße eingetrudelt – alle auf Socken.

Es war eisekalt, vor allem ohne Schuhe und im Schlafanzug, und wir vier von der Wurschtel-Familie hatten große Probleme, unsere Schuhe zu erkennen. Unseren

Nachbarn ging es genauso, deshalb trugen wir alle zusammen die vielen Schuhe ins Haus.

Paula kochte frischen Kaffee und stellte Tassen und die Plätzchen hin, die wir am Wochenende gebacken hatten. Während die Erwachsenen den Kaffee tranken, versuchten sie, die Schuhe zu sortieren. Allerdings war es ziemlich schwierig, bei den vielen braunen und schwarzen Schuhen durchzublicken. Ich sag's euch: Kauft euch lieber bunte Schuhe, denn falls mal ein Renwicht bei euch Schabernack treibt, habt ihr sonst ein Problem. Meine roten Gummistiefel erkannte ich nämlich sofort.

Freddi hatte die Idee, ein Spiel daraus zu machen. »Such den Schuh!« Er schnappte sich einen Trichter und rief aus, dass braune Schuhe mit Fell und Schnürsenkeln in der Größe 43 gesucht würden. Das waren die Schuhe von Bogdan, der so eilig zur Arbeit musste. Wir stürzten alle los und suchten. Der Nikolaus zeigte auf die beiden Schuhe von Bogdan. Freddi und ich zogen sie aus dem ganzen Haufen heraus.

Lachend rannte Bogdan los und meinte, das würde ihm auf der Arbeit niemand glauben. Sein Nikolaus lachte nicht. Er meinte, dass ich in diesem Jahr nichts von ihm bekäme, und das konnte ich sogar ein bisschen verstehen.

Als Nächstes suchten wir die Stiefel von Frau Barbarini, denn die musste zum Zahnarzt. Es waren graue Stiefel in der Größe 40, und dieses Mal hatte ich zwar kein Glück, aber dafür fand Paula beide Schuhe. Sie lachte.

Ich muss es leider ehrlich zugeben: Freddis Spiel machte Spaß. Es war richtig lustig. Als alle Schuhe aufgeteilt waren, stellten die Großen fest, dass sie sich gar nicht richtig kannten, obwohl sie nebenan wohnten. Paula freute sich, dass sie auf diese Weise alle Nachbarn auf einmal kennengelernt hatte. Zum Teil sogar im Schlafanzug. Sie verabredeten sich zum Adventskaffee am letzten Sonntag vor Weihnachten.

»Wer von euch Rabauken hat sich bloß diesen Streich ausgedacht?« Papa lachte immer noch. »Der hätte von mir sein können. Ich war in eurem Alter auch sehr erfinderisch.«

Könnt ihr euch das vorstellen?

»Wie bitte?«, rief Frohbold. »Was soll denn das? Wieso geht denn das jetzt schon wieder gut aus?«

»Ist doch schön«, sagte Schneesine und lächelte frech. »In der Weihnachtszeit sollen sich alle Leute gut vertragen.«

Als die vielen Schuhe auf unserer Tanne gesteckt hatten, bekam ich zum ersten Mal das Gefühl, dass die Sache mit den Streichen und dem Vergraulen von Paula, Freddi und Schneesine in die falsche Richtung lief. Diese kleinen Weihnachtswesen konnten ganz schön wild sein. Wir versuchten es trotzdem noch ein bisschen weiter. Obwohl EIN BISSCHEN eigentlich nicht das richtige Wort ist für das, was dann passierte.

Wer kann unsere Streiche zählen?

Ich nicht. Es waren nämlich ziemlich viele.

Wim, Frohbold und Hella Schein hatten ständig neue Ideen. Sie zogen das Briefli auf ihre Seite, und zu viert heckten sie eine Menge Schabernack aus. Aber auch Schneesine schloss sich mit einigen, eher altmodischen Weihnachtswesen zusammen. Das Tannenmännchen war dagegen, Tannenbäume zu fällen und ins Wohnzimmer zu stellen, und deshalb für Schneesine. Auch der Nikolaus von Bogdan war auf ihrer Seite, einfach weil er immer auf der Gegenseite von Hella Schein war. Und der Kuschelmurkel ließ sich von Schneesine überreden, weil sie Freunde waren. Ich stand irgendwo dazwischen, denn einige Streiche gingen sogar mir zu weit. Zum Beispiel dieser hier.

Mein Papa und ich, wir lieben Pfefferkuchenhäuser. Wir bauen jedes Jahr so ein Häuschen aus Butterkeksen. An einem Sonnabend machten wir uns an die Arbeit.

Ich rührte Zuckerguss an, mit Zitrone und Puderzucker, dann klebte ich die Butterkekse aneinander. Papa hielt die Kekse fest, weil der Zuckerguss trocknen muss.

Freddi kam in die Küche und setzte sich auf die Eckbank. Draußen war es zappenduster und winterlich, und in unserer Küche bollerte der alte Kachelofen. »Kann ich mitmachen?«, rief er begeistert.

»Nee«, sagte ich.

»Klar«, gebärdete Papa.

Schneesine kam hinterher und verschränkte die Arme. »Die sind ja gar nicht selbst gebacken. Das sind ja nur gekaufte Kekse. Das zählt nicht. Freddi, lass das! Wir backen zusammen ein richtiges Pfefferkuchenhaus.«

»Ich finde das hier super«, meinte Freddi.

Da kicherte Frohbold, und Schneesine haute ihm mit einem Keks auf den Kopf.

Freddi holte Salzstangen und baute daraus kleine Fenster, die klebte er mit Zuckerguss zusammen. Keine schlechte Idee, muss ich zugeben. Ich schleppte Schokolinsen an und klebte daraus Blumen ans Haus. Freddi nickte anerkennend, dann klebte er halbe Mandeln als Ziegelsteine aufs Dach. Ich legte nach, holte Knäckebrot und baute daraus kleine Steinchen, die klebte ich draußen dran. Freddi holte Streusel, die streuselten wir um das Haus herum, als Schnee.

Aus Versehen bauten wir zusammen ein wunderschönes Pfefferkuchenhaus. Papa freute sich riesig.

»Er soll sich nicht freuen!«, rief Frohbold.

»Warum eigentlich nicht?«, fragte ich.

»Hast du schon vergessen, dass Freddi dich verpetzt hat? Für etwas, das du gar nicht warst?«

Tja, da hatte der Lamettaling recht.

Als Papa sich an den Herd stellte, um Mittag zu kochen, schoben Wim und Frohbold das Häuschen vom Tisch. Es fiel – allerdings nicht auf den Boden. Denn Schneesine und das Tannenmännchen hatten es aufgefangen. Der Kuschelmurkel half ihnen, und zu dritt setzten sie es wieder auf den Tisch.

Nun kam noch Hella Schein dazu und schob ebenfalls am Lebkuchenhaus. Drei Weihnachtswesen schoben, und drei hielten dagegen. Freddi und ich sahen ratlos zu. Freddi sprang Schneesine zu Hilfe, um das Haus festzuhalten.

Aber er war ein bisschen zu langsam. Das Lebkuchenhaus fiel auf den Boden. Mitten auf die Fliesen. Es zerbrach in seine vielen Einzelteile und sah aus wie ein trauriger Haufen kaputter Kekse mit Streuseln. Das war ganz schön schade. Freddi und ich, wir waren ziemlich sauer auf die Weihnachtswesen.

»Musste das sein?«, fragte ich.

Frohbold nickte. »Total musste das sein.«

»Das finde ich nicht«, sagte Freddi. »Unser Haus hättet ihr echt verschonen können.«

Als Papa sich umdrehte, sah er das kaputte Haus. »Oh nein. Wie schade! Wer war das?«, fragte er.

Ich sagte nichts. Man muss wissen, wann man lieber den Mund hält. Das hier war so ein Moment. Freddi stand direkt neben der Lebkuchenhaus-Ruine und wirkte dadurch sehr verdächtig. Es sah nicht gut aus für ihn.

Paula kam dazu und wollte auch wissen, wer das Lebkuchenhaus runtergeworfen hatte. »Leute, könnt ihr euch nicht mal zusammenraufen?«, fragte sie. »Es lief doch schon richtig gut mit euch. Geht jetzt alles von vorn los?«

»Das war ich«, sagte Freddi.

Ich blickte ihn erstaunt an.

»Aber nur aus Versehen«, erklärte er. »Wir haben gespielt. Wirbelsturm im Winterland.«

»... und da habt ihr so wild gespielt, dass das Haus runtergefallen ist?«, fragte Paula.

Freddi nickte. »Ja, leider.« Dann machte er Gebrauch von seiner beneidenswerten Fähigkeit, auf Kommando zu weinen.

»Nicht doch!«, rief Paula. »Das kriegen wir wieder hin.« Sie baute mit uns noch ein viel größeres Lebkuchenhaus. Und das war so schön, dass sich nicht mal Wim traute, es runterzuwerfen.

An einem anderen Tag suchte Frohbold aus Paulas Weihnachtskisten die ganzen Papiersterne raus, die Freddi in den letzten Jahren gebastelt hatte. Es waren sehr, sehr viele. Große und kleine, bunte und einfarbige, komplizierte und einfache. Ich staunte, dass Freddi so gut Papiersterne falten konnte. Mit Papa habe ich so was nie gemacht, weil Papa nicht basteln kann. Und ich bin zu ungeduldig dafür. Aber Freddi kann den ganzen Nachmittag auf dem Boden sitzen und basteln, wie ich mittlerweile weiß.

Jedenfalls zauberte Frohbold die vielen Sterne an die Blautanne in unserem Vorgarten. Das sah sehr schön aus. Doch er hatte mit Absicht den Moment ausgewählt, als es gerade kräftig regnete. Am nächsten Morgen hatten die Papiersterne natürlich keine Sternform mehr. Schneesine rastete richtig aus und beschimpfte Frohbold. Sie zauberte Nüsse, die sie nach Frohbold warf.

Paula klappte die Kinnlade runter, als sie die nassen Sterne sah.

Aber Freddi beruhigte seine Mutter. »Die waren schon alt. Es ist mal Zeit für neue«, sagte er und lächelte lieb. »Und außerdem will Lolika lernen, wie man Sterne faltet, und jetzt zeige ich es ihr.«

»Hä?«, rief ich.

»Wie schön«, sagte Paula.

Und da lieferten Paula und Papa wieder das glückliche Grinsen ab.

Ich hab's trotzdem nicht gelernt, obwohl Freddi es mir gezeigt hat. Weil ich einfach nicht bastelgeschickt bin. Da müsste schon ein Papierling kommen und mir helfen. Es kam aber nur Frohbold, und der hat sich geweigert, Papiersterne zu basteln. Ich glaube, er kann es auch nicht, doch das wollte er nicht zugeben. Stattdessen zauberte er Glitzerglöckchen an die Blautanne vor dem Haus. Schneesine kam dazu und zauberte kleine rote Äpfel an die Zweige, damit nicht so viel Platz für Frohbolds Glöckchen blieb, und deshalb zauberte der Lamettaling bunte Kugeln und goldene Tannenzapfen, und Schneesine zauberte Zimtstangen und Zuckerkringel und Strohsterne. Bis der Baum über und über geschmückt war.

Kurt blieb auf der Straße stehen und fotografierte

den Baum. Er fand ihn herrlich und wunderschön. Weitere Leute blieben stehen. Ich gebe es zu: Der Baum war wirklich prächtig.

Aber Schneesine und Frohbold zeigten Kurt gleichzeitig einen Vogel, also sozusagen zwei Vögel. »Es soll nicht herrlich und wunderschön aussehen!«, rief Schneesine.

»Genau!«, sagte Frohbold.

Freddi und ich sahen uns an und kicherten ein bisschen.

An einem Abend hatte Frohbold die Idee, Glitzerpulver in der Wohnung zu verteilen. Er zauberte die ganze Nacht und verschonte nicht mal das Bett von Papa und Paula. Das Glitzer klebte noch wochenlang überall, in unseren Haaren und in der ganzen Wohnung, und Paula und Papa mussten glitzernd zur Arbeit gehen. Man kriegt das Zeug nämlich nur sehr schwer ab – wem von euch schon mal Glitzer umgekippt ist, der weiß, was ich meine.

Einmal zog Frohbold am Abend den Stecker vom Kühlschrank und von der Gefriertruhe, und am Morgen war alles geschmolzen.

An einem anderen Tag legten wir die ganzen Bienenwachskerzen von Paula auf den Ofen, und ihr könnt euch ja vorstellen, was dann passiert ist.

Irgendwie schafften Freddi und Schneesine es jedoch immer, das Ganze so zu drehen, dass etwas Gutes daraus wurde. Aber als die Sache mit den Pullovern passierte, war mir klar, dass unsere Streiche kein gutes Ende nehmen würden. Paula hat meinem Papa einen dicken, warmen Wollpullover geschenkt. Papa liebte ihn sofort und trug ihn von da an immer. Dabei ist im Dezember Weihnachtspulli-Zeit. Den Weihnachtspulli hatte er gar nicht mehr an, der war ihm wohl peinlich vor Paula.

Deshalb kam Frohbold auf die Idee, Papas neuen Wollpulli aufzuräufeln, Reihe für Reihe. Habt ihr schon mal einen Pullover aufgeräufelt? Das geht ziemlich gut, und am Ende hat man dann einfach wieder ein Wollknäuel, als ob der Pulli nie gestrickt worden wäre. So war es jetzt auch bei Papas Pulli: blaues Wollknäuel.

Am nächsten Morgen erwischte ich Schneesine allerdings dabei, wie sie MEINEN WEIHNACHTSPULLI aufräufeln wollte. Das war zu viel! Ich schimpfte mit beiden, mit Schneesine und mit Frohbold. Und Freddi gab zu, dass er meinen Weihnachtspulli ziemlich schick fand und auch gern einen hätte, doch Paula mochte keine Weihnachtspullis.

Zum Glück konnten wir den Kuschelmurkel überreden, Papas Pulli wieder zusammenzustricken. Allerdings war die Form anders als vorher, viel enger und länger, und da passte er Papa nicht mehr, dafür konnte Paula den Pulli als Strickkleid anziehen. Papa entschuldigte sich, weil er dachte, dass er den Pulli falsch gewaschen hätte.

Der Kuschelmurkel zauberte sogar noch einen gestickten Tannenzweig auf den Pulli. Also auf das Kleid. Paula wunderte sich, aber Papa sagte, bei uns gehe es in der Weihnachtszeit immer ein bisschen zauberhaft zu. Da nickte ich, doch ich fand es nicht mehr SELTSAM. Denn jetzt wusste ich ja, warum es bei uns so zauberhaft zuging.

»Bei uns geht es auch oft zauberhaft zu«, sagte Paula.

Schneesine nickte stolz und machte einen kleinen Knicks.

Mir fiel etwas ein. »Hast du eigentlich das Loch in meinem Weihnachtspulli gestopft?«, fragte ich Frohbold.

Er schüttelte den Kopf und meinte, das sei der Kuschelmurkel gewesen.

»Und die Dominosteine, auf die Papa mit seinen Socken getreten ist?«, fragte ich weiter.

»Das war ich!«, sagte Schneesine stolz.

»Aber die umgekippte Teetasse, das bin ich gewesen. Und natürlich das Lametta in Papas Haar«, sagte Frohbold.

Wer guckt zu Weihnachten fern?

Wir! Immer! Und das bleibt auch so!

Frohbold und ich waren gerade dabei, den nächsten Unsinn anzustellen. Wir wollten die alte Pyramide, die Paula noch von ihrer Oma hatte, mit Schrauben und Werkzeug schmücken. Aber da klopfte das Briefli aufgeregt ans Fenster, und ich ließ es hinein. In den Händen trug es eine besonders bestimmte Spezial-Postkarte. Mein Herz klopfte wie verrückt los.

Feierlich überreichte mir das Briefli die Postkarte. »Ich habe sie gleich abgefangen beim Postboten, damit dein Papa sie nicht entdeckt. Sie ist an dich gerichtet. Von …«

»Von Denny Brösel!«, rief ich aus.

Denny Brösel. Papas und mein Lieblings-Fernsehkoch. Ich strich über die Postkarte mit dem Foto. Denny Brösel trug seine Latzhose und lächelte freundlich. Langsam drehte ich die Karte um. Und las.

Liebe Lolika,
das ist eine tolle Idee von Dir, und ich grüße Deinen Papa sehr gern zu Weihnachten. Komm bitte am 23. Dezember um 11 Uhr ins Fernsehstudio. An diesem Tag machen wir eine Probe, und Du kannst mir ein bisschen Gebärdensprache beibringen.
Alles Liebe,
Dein Denny Brösel

Ich drückte die Karte an mich und sprang wild und glücklich durch mein Zimmer. Frohbold und das Briefli freuten sich mit mir. Sie sausten im Kreis um mich herum, und Frohbold verteilte Lametta. Ich konnte nicht fassen, dass Denny mir wirklich zurückgeschrieben hatte. Und dass er wirklich bereit war, meinen Papa aus dem Fernseher zu grüßen. Es klappte also mit dem weltbesten Weihnachtsgeschenk für den weltbesten Papa! Ich setzte mich sofort mit einem Heft hin und schrieb auf, was Denny sagen sollte.

Am nächsten Sonnabend, als wieder DIE DENNY-BRÖSEL-SHOW im Fernsehen kam, freute ich mich besonders darauf, die Show mit Papa zu gucken, weil ich so ein schönes Geheimnis hatte.

Ich stand wie immer neben dem Fernseher, um Papa zu übersetzen, was Denny sagte, deshalb war mein Sessel frei. Plötzlich setzte sich Paula in meinen Fernsehsessel. Freddi fläzte sich auch noch dazu. Was hatte der da überhaupt zu suchen? Ich wollte die Show mit Papa allein gucken. Wie immer!

Papa wiederum war ganz aufgeregt und freute sich, Paula und Freddi unsere Lieblings-Show zeigen zu können. Ich übersetzte für Papa, aber an diesem Tag machte es nicht so viel Spaß wie sonst. Es war mir sogar richtig peinlich, weil Paula lauter komische Fragen stellte. Warum Denny solche bunten Sachen anhat. Warum er an die Möhren Zucker ranmacht. Dass er ganz schön viel Salz benutzt. Und Freddi meinte, er mag keine Kapern, dabei liebt Denny Brösel Kapern. So ging es immer weiter.

Dann passierte das Unglaubliche: Denny Brösel hielt meinen Brief hoch. »Ich habe ganz tolle Post bekommen, liebe Leute. Freut euch auf eine besondere Weihnachtsüberraschung. Vor allem die Papas dieser Welt.«

Ich übersetzte es, und Papa lachte. Und ich lachte noch viel lauter. Ich konnte es nicht fassen. Denny meinte mich! Mich, Lolika, und meinen Papa! Zum Glück hat Papa nicht erkannt, dass der Brief von mir war.

»Da freue ich mich gleich noch mehr auf Weihnachten mit euch«, sagte er.

Allerdings ging bei Paula im Gesicht eine Veränderung vor. »Fernsehen? An Weihnachten?«

Papa nickte. »Genau. Das machen wir immer so. Das

ist sehr gemütlich.« Sein Gesicht wirkte ernster als sonst.

»Wir machen das nie. Fernsehen zu Weihnachten? Das ist doch ... das passt doch nicht«, fand Paula.

»Doch! Wir gucken Weihnachtsfilme und die DENNY-BRÖSEL-SHOW und noch mehr Weihnachtsfilme«, meinte Papa, und ich merkte an der Art, wie er gebärdete, dass er ein wenig ungehalten und trotzig war.

»An Weihnachten wollen wir spazieren gehen und singen und eine schöne kleine Bescherung machen. Und nicht vor dem Fernseher sitzen.«

»Und wir kochen«, sagte Papa.

»Nein, Weihnachten will ich nicht in der Küche stehen«, sagte Paula. »Es gibt nur Kartoffelsalat. Und Pastetchen.« Schneesine nickte. Freddi blickte ratlos zu mir.

»Bei uns gibt den besten Braten der Welt, nach einem Rezept von Denny Brösel. Darauf freue ich mich das ganze Jahr«, sagte Papa.

Und da passierte es zum ersten Mal, dass Paula und Papa sich mit gerunzelten Augenbrauen ansahen.

»Über das Essen können wir ja noch mal reden. Aber Fernsehen an Weihnachten, das kommt nicht infrage«, sagte Paula.

Und jetzt haltet euch fest: Papa. Gab. Nach. Könnt ihr das fassen? »Na gut. Dann lassen wir Fernsehen weg. Auf den Braten verzichte ich allerdings nicht.«

Paula war zwar nicht ganz einverstanden, doch sie gab ebenfalls nach. Nur der Weihnachtsengel regte sich auf. »Wenn ihr denkt, dass es zu Weihnachten einen Braten gibt, irrt ihr euch!«, rief Schneesine.

Mir war das Essen egal. Ich versuchte, zu verstehen, was Papa gesagt hatte. Kein Fernsehen an Weihnachten? Keine DENNY-BRÖSEL-SHOW? Und das ausgerechnet jetzt, wo der Gruß fest eingeplant war? Ich hatte genug gehört. Es reichte. Ich stieg in meinen Schneeanzug und meine Winterstiefel. Papa wollte mich aufhalten, aber das war mir piepegal.

Ich lief einfach weiter und in den Garten. Frohbold holte Wim, Hella Schein und das Briefli dazu. Die Weihnachtswesen flatterten um meinen Kopf. Ich klatschte mit meinen Handschuhhänden. »Okay, Leute. Holt alles raus, was ihr habt. Wir greifen an.« Mehr musste ich nicht sagen. Die vier nickten.

»Wann?«, fragte Wim.

»Morgen«, sagte ich. »Auf dem Weihnachtsmarkt.«

»Ich hole Verstärkung«, sagte Wim. Bei diesen Worten hätte ich aufhorchen sollen, doch ich war einfach zu wütend.

Auch Frohbold nickte grimmig. »Morgen holen wir unseren Papa zurück. Und unser gemütliches Weihnachten!«

Wer hat das noch im Griff?

Ich nicht. Und Freddi auch nicht.

Am nächsten Tag, dem 22. Dezember, begannen die Schulferien. Erste Ferientage sind meine Lieblingstage, die finde ich noch besser als Montage. Papa und Paula hatten Urlaub und freuten sich auf Weihnachten. Zur Feier des Tages gingen wir auf den Weihnachtsmarkt. Die gesamte Wurschtel-Familie, also Paula und Freddi, Papa und ich. Bei uns in der Stadt gibt es mitten auf dem Marktplatz einen sehr schönen Weihnachtsmarkt. Er ist in der ganzen Welt berühmt, weil er so feierlich und altmodisch ist.

Das Erste, was ihr vom Weihnachtsmarkt merkt, wenn ihr aus der Straßenbahn steigt, ist der herrliche Weihnachtsduft: nach süßem Gebäck und Vanille und Zimt und Tannen, nach Glühwein und Gebratenem, nach Licht und Schnee und Wärme und Kälte. Und jetzt weiß ich auch, wer dafür zuständig ist, nämlich die

Duftelfen. Sie haben kleine Flaschen dabei, mit denen fliegen sie herum und verteilen die schönsten Düfte.

Wir waren gerade aus der Straßenbahn gestiegen, da sauste auch schon eine Duftelfe über die Leute hinweg und verteilte Weihnachtsduft. Papa atmete glücklich und kräftig ein. »Diesen Duft würde ich gern in Flaschen füllen und das ganze Jahr über dran schnuppern«, gebärdete er. »Das ist der beste Gute-Laune-Duft.«

Hinter der Duftelfe schwebte ein kleiner Schneemann, der ein paar dicke Schneeflocken über den Leuteköpfen verteilte. Davon bekamen alle richtig gute Weihnachtsmarktstimmung. Papa und Paula liefen Hand in Hand und waren auch in genau dieser Stimmung. Freddi und ich gingen vor ihnen. Die Großen dachten wahrscheinlich wieder, wie schön es sei, dass wir uns endlich so gut verstünden. Aber ha! Weit gefehlt.

»Heute könnt ihr was erleben«, sagte ich.

»Heute erlebt ihr was zurück«, sagte Schneesine, die auf Freddis Pudelmütze saß.

Freddi grinste schief und frech. »Du hast doch gesehen, dass ich alle Streiche umdrehe. Ihr schafft es nicht, einen richtigen Streit anzuzetteln.«

»Das wollen wir erst mal sehen!«, sagte Frohbold von meiner Schulter aus.

Wir liefen die kleine Straße bergauf, die zum Weihnachtsmarkt führte. Es war voll. Viele Leute wollten die weihnachtsmarktliche Schönheit genießen. Je näher wir dem Weihnachtsmarkt kamen, desto mehr Weihnachtswesen schwirrten durch die Luft. So oft war ich mit Papa über den Weihnachtsmarkt gelaufen, ohne zu

wissen, dass er voller Magie war. Voller kleiner Wesen, die für die besondere Stimmung sorgten.

Freddi und ich konnten vor Staunen nichts anderes tun, als schweigend dazustehen und zu gucken. Wir sahen Tannenmännchen, Kuschelmurkel und Lichtelchen, Trällerinen und Glitzerlis. Wir bewunderten die Heinzelmännchen, Wichtel und Elfen, Nussknacker, Christkinder und Weihnachtsengel. Es gab Lucias, die lange weiße Kleider und hübsche kleine Kerzenkronen im Haar trugen und mit ihren Händen Kerzen anzünden konnten. Ich entdeckte ein Väterchen Frost mit einem herrlich geschmückten Mantel, der Eisblumen auf die Fenster zauberte. Es gab sogar einen kleinen Knecht Ruprecht, der zum Bürstenstand gehörte und sich die ganze Zeit über die Leute beschwerte, weil sie nicht ordentlich Bitte und Danke sagten.

An der Seite, vor unserem hübschen alten Rathaus, stand der große, prächtige, bunt geschmückte Weihnachtsbaum, an dem dreitausend Lichter brannten. Gerade flog ein Lamettaling um den Baum herum und ersetzte ein paar Kugeln, die vom Wind heruntergefallen waren.

»Ihr seht aus, als ob ihr zum ersten Mal auf den Weihnachtsmarkt geht«, lachte Papa.

»Ist ja auch so«, gab Freddi zurück. Ich muss zugeben, dass er immer besser wurde in Gebärdensprache. Ich merkte, wie sehr Papa sich darüber freute, dass wir uns jetzt alle zusammen unterhalten konnten.

»Du warst noch nie auf dem Weihnachtsmarkt?«, hakte Papa erstaunt nach.

»Doch, doch. Aber nicht so«, sagte Freddi.

»Ich auch nicht«, sagte ich.

Das konnten Papa und Paula natürlich nicht verstehen.

Wir stoppten gleich an der ersten Bude. Man kannte uns. »Ach, der Herr Papa und das Fräulein Tochter! Wünsche gemütliche Weihnachten!«, freute sich der Lebkuchenverkäufer, bei dem wir jedes Jahr zwei Lebkuchenherzen kauften. In seinem Häuschen schwirrten zwei Kekslein herum. Wofür sie zuständig sind, sagt der Name eigentlich schon. Sie tragen Mäntel aus Lebkuchen und haben Zuckerperlen auf dem Kopf, die beim Schweben um sie herumfliegen. Die beiden hatten alle Hände voll zu tun, Lebkuchenherzen zu verzieren.

»Nein! Keine blaue Farbe!«, sagte ein Kekslein.

»Doch! Immer nur Weiß, das ist langweilig«, meinte das andere.

»Du kannst es so oft probieren, wie du willst. Aber Blau kommt mir nicht auf den Keks.«

Über der Bude schwebten zwei Lichtelchen, die versuchten, eine Lichterkette wieder zu richten, die abgefallen war. Dazwischen sauste ein Glitzerli herum, das eine Tannengirlande beglitzerte.

Und zwischen alledem flitzte ein Renwicht herum. Nämlich Wim. Und er war nicht allein. Er hatte wirklich Verstärkung mitgebracht: zwei weitere Renwichte. Eine besonders kleine Renwichteline mit einem süßen Gesicht, die von allen am meisten austeilte, wie wir schnell feststellen mussten. Sie hieß Kim. Und einen sehr kräftigen Renwicht namens Tim.

Wim, Kim und Tim rasten zu dritt über den Markt, schoben Leuten ihre Mützen ins Gesicht, warfen Becher mit Glühwein um oder rüttelten an Lichterketten, bis sie blinkten, als hätten sie einen Wackelkontakt. Sie klebten kandierte Äpfel an Kinderschals fest und kullerten Weihnachtskugeln zu Boden. Sie lachten. Ja, Weihnachtsmärkte machen Renwichten besonders viel Spaß.

Frohbold grinste. »Da seid ihr ja.«

Wim nickte. »Jep, da sind wir. Voller Tatendrang und Energie.«

»Was soll'n wir kaputt machen?«, fragte Kim, die kleine Renwichteline.

Wie bitte? Kaputt machen? Auf unserem schönen Weihnachtsmarkt? »Nichts!«, rief ich.

»Alles!«, rief Frohbold. Auch er hatte Hilfe mitgebracht. Das Lichtelchen Hella Schein tauchte hinter ihm auf, außerdem die beiden Heinzelmännchen aus meiner Schule und das Briefli.

Freddi und Schneesine betrachteten die Weihnachtswesen, die um mich herumschwebten.

»Da staunst du, was?«, sagte Frohbold und guckte Schneesine auffordernd an. »Du hast jetzt die Wahl:

Entweder feiert ihr Weihnachten schön bei eurer strengen Tante Hedi. Oder wir legen den Weihnachtsmarkt lahm und schieben es dir und deinem Freddi in die Schuhe.«

»Was?!«, rief ich. Den ganzen Weihnachtsmarkt LAHMLEGEN?

Aber Schneesine sah überhaupt nicht ängstlich aus. »Ach ja?« Über ihr Gesicht huschte ihr bestes Engelslächeln. Huschte? Nein, es stampfte ganz gemütlich und sehr breit und zufrieden, dieses Lächeln. »Dann seht mal zu, ihr kleinen Armleuchter, wie ihr das machen wollt.«

Und plötzlich merkte ich, dass sich mehrere Weihnachtswesen hinter dem Weihnachtsengel scharten. Schneesine hatte nämlich auch Unterstützung mitgebracht. Ihr folgten der Kuschelmurkel, das Tannenmännchen, der Nikolaus von Bogdan und die beiden Früchtchen aus dem Laden von Herrn Öztekin.

»Willst du kämpfen?«, fragte Schneesine und reckte ihre Faust.

»Kämpfen?«, rief Freddi erschrocken aus.

Wir sahen uns an. Was hatten wir getan?

Ich merkte, dass Papa an meiner Schulter rüttelte. »Lolika! Hallo?! Willst du Zuckerwatte? Oder lieber erst mal Eierkuchen? Oder Karussell fahren?«

»Jetzt nicht, Papa«, gab ich ungeduldig zurück. Ich hatte wirklich gerade andere Probleme. »Geh mal allein Karussell fahren.«

Aber Papa wollte nicht allein Karussell fahren. Inzwischen waren Frohbold, Schneesine und die anderen verschwunden. Wir sahen uns um. Wo waren die wild gewordenen Weihnachtswesen abgeblieben? Und vor allem – was hatten sie vor?

Freddi nahm meine Hand. »Wir müssen sie suchen!«, rief er und zog mich hinter sich her.

Die Großen gaben uns zehn Euro, damit wir uns allein amüsierten, und meinten, sie würden sich vom Glühweinstand nicht wegbewegen. Sie lächelten ihr Lächeln – ihr wisst schon –, weil sie dachten, dass Freddi und ich ganz dicke Freunde waren.

Wir rannten über den Markt und drängelten uns durch die Menschengrüppchen durch, die uns mit viel Gemütlichkeit im Weg standen.

»Da!«, sagte ich und zeigte in die Luft.

Über uns begannen sämtliche Weihnachtswesen, vom Markt in eine Richtung zu schwärmen. In die Richtung des großen Weihnachtsbaums, der vor dem Rathaus stand. Wir hetzten ebenfalls in diese Richtung. Und da sah ich ihn.

Frohbold.

Er schwebte vor dem Weihnachtsbaum und hielt eine Rede. »Die ganze Zeit pfuscht einem jemand rein. Hat eine andere Meinung. Will seinen Willen durchdrücken. Sagt einem, wo's langgeht. Bestimmer überall!«, rief er.

Die Weihnachtswesen nickten. Sie versammelten sich um ihn. Viele klatschten Beifall.

Schneesine flatterte neben Frohbold. »Alles, was er sagt, ist falsch«, rief sie in die Menge. »Und ich will es nicht mehr länger anhören. Ich weiß genau, wie Weihnachten geht, und du eben nicht! Und jetzt reicht es mir damit, dass du alles bestimmen willst.«

»Das habe ich doch gerade gesagt«, meinte Frohbold.

»Ist mir sowas von wurscht!«, fauchte Schneesine. »Seid ihr mit eurem Weihnachten, wie es jetzt ist, zufrieden, Leute?«

Die Weihnachtswesen blickten sich fragend an.

»Hab ich noch nie drüber nachgedacht«, sagte ein Nussknacker. »Stimmt eigentlich. Neuerdings kaufen die Leute immer die fertig geknackten Nüsse im Laden. Alle zu faul, selbst zu knacken. Und ich steh dumm daneben.«

»Mich stört es sehr, dass die Kinder nicht mehr Bitte und Danke sagen müssen«, meinte der Knecht Ruprecht.

Eine Lucia beschwerte sich, dass alle Leute neuerdings Lichterketten kauften und zu faul für echte Kerzen seien.

Ein Spielerchen meinte, dass die Menschen in der Weihnachtszeit keine Zeit mehr für Puzzle und Spiele hätten und dass auch mal jemand daran denken sollte, wie es den Spielerchen damit ging.

Eine sehr schüchterne Trällerine ärgerte sich, dass das Glitzerli der Schwiegermutter immer kitschige

Weihnachtsmusik im Radio anstellte. »Ich habe eigentlich nie was zu sagen zu Weihnachten. Dabei hätte ich gern, also, dass wir alle zusammen singen in der Familie. Es gibt so schöne alte Weihnachtslieder.«

Einige riefen, dass sie auch nie etwas zu sagen hätten. Andere meinten, dass es zu Weihnachten keine Veränderungen geben dürfe. Wieder andere fanden, dass sie sich ständig unterordnen mussten. Dass sie die Einzigen seien, die wussten, wie Weihnachten wirklich geht. Dass alle anderen die totalen Bestimmer seien. Dass sie keine Lust mehr hatten, sich nach anderen zu richten. Und dass sich die anderen endlich mal nach ihnen richten sollten.

Ich verrate euch mal was über Weihnachtswesen: Sie sind voller Liebe, Freude und Wärme und all diesen bezaubernden Dingen. ABER es fällt ihnen ein bisschen schwer, die anderen genau so zu akzeptieren, wie sie sind.

Jep, in diesem Punkt ähneln sie uns Menschen. Also, jedenfalls mir. Ich kann es auch nur schwer aushalten, dass andere Leute anders sind als ich. Doch das, was auf dem Weihnachtsmarkt passierte – nee, das war nicht die Lösung.

»Wollt ihr euch das noch länger gefallen lassen?«, rief Frohbold in die Menge.

»Ja, klar. Warum nicht«, sagte ein gelb eingestrickter Kuschelmurkel.

»Nö«, sagte ein Kekslein. Dann hob es seine winzige Teigrolle und zog sie einfach dem anderen Kekslein über. »Ich sage dir schon die ganze Zeit, dass die Schrift weiß sein muss. Blaue Schrift sieht blöd aus auf Lebkuchenherzen.«

»Päh!«, machte das andere Kekslein und goss dem ersten Kekslein blauen Zuckerguss auf den Kopf.

Und da schüttete ein Tannenmännchen mit seiner Gießkanne Wasser über einen Weihnachtsengel, einfach so, weil der gerade neben ihm flatterte. Deshalb zog der Engel ihn wiederum an seinen Tannennadeln. Schon ging es los. Die Weihnachtswesen fielen übereinander her. Alle hatten ihre Näschen voll von Liebe, Freude und Wärme.

Sie begannen eine handfeste Prügelei.

Wer war das – jetzt aber echt?

Wir. Freddi und ich.

Wollt ihr mal wissen, was passiert, wenn sich alle Weihnachtswesen vom Weihnachtsmarkt eine Schlägerei liefern? Na ja gut, wissen will ich es auch. Aber ich will nie wieder dabei sein. Und vor allem: Ich will nie wieder schuld dran sein.

Freddi und ich standen sprachlos da und sahen uns um. Die wild gewordenen Wesen stellten die Weihnachtsmusik aus und machten Heavy Metal an. Eine Trällerine trompetete dazu laut und falsch in die Lautsprecher. Die kleinen Wesen warfen Getränke um und schmissen Essen runter. Das eine Kekslein zerbrach die Lebkuchenherzen mit der weißen Schrift. Das andere schrieb Schimpfwörter auf alle Lebkuchen, und zwar mit blauer Schrift. Die Lucias rüttelten an den Lichterketten, und überall blinkte es. Dafür bliesen die Lichtelchen die echten Kerzen aus. Die Christkinder zupften den Weihnachtsengeln die Schleifen auf, und dafür warfen die Engel mit Nüssen. Ein weiterer Lamettaling und zwei Glitzerlis überzogen alles mit Lametta und Weihnachtskugeln und Glitzer, also auch die Menschen und die Buden und sogar den Elefanten im Karussell. Dafür rüttelten die Tannenmännchen am Weihnachtsbaum, bis die Kugeln runterfielen. Die Schneemänner machten Wind und wehten das Glitzer weg, um die Menschen mit Schnee zu überziehen. Zwei Knecht Ruprechte rüttelten an der Bude, in der Bürsten verkauft wurden. Drei Nussknacker halfen ihnen dabei, wurden allerdings von ein paar Duftelfen eingeräuchert und stürzten sich sogleich auf diese.

Papa und Paula wunderten sich und machten sich auf die Suche nach uns, aber die meisten anderen Leute flohen. Es war einfach zu wild. Niemand wusste, was los war. Übrigens hat es sich bis heute nicht aufgeklärt. Die einzigen beiden Menschen, die wissen, wie die berühmte Wüstenei auf dem berühmten Weihnachtsmarkt zustande kam, sind Freddi und ich. Und wir haben es nie verraten. Es hätte ja sowieso niemand geglaubt. Aber euch verrate ich das jetzt, weil ich weiß, dass ihr ein Geheimnis bewahren könnt.

Als ich das nächste Mal zu Frohbold blickte, machte er sich am großen Weihnachtsbaum zu schaffen. Was tat er da?

Wir wollten unter den Baum kriechen und Frohbold rausholen, aber nun flog Schneesine mit zwei Lucias über unsere Köpfe hinweg. Sie suchten den Hauptschalter, mit dem man den Strom auf dem Weihnachtsmarkt komplett ausstellen konnte. Das Licht in allen Buden würde sofort erlöschen und damit auch die Lichterketten. Ihnen folgte Hella Schein, die das verhindern wollte.

»Nein!«, rief Freddi ihnen zu. »Ihr müsst aufhören!«

Doch sie hörten gar nicht hin. Zu allem Übel entdeckte ich jetzt, dass Frohbold eine Säge mit sich schleppte. Was hatte er vor?

»Ich kümmere mich um Schneesine!«, rief Freddi.

»Und ich versuche, Frohbold zu stoppen«, rief ich.

Wir rannten in verschiedene Richtungen los.

Frohbold schwebte mitsamt der Säge am großen Weihnachtsbaum nach oben. Ein Nussknacker guckte aus einem Fenster vom Rathaus. »Die ganze Zeit steht der dumme Baum vor meinem Fenster!«, schimpfte er.

»Ich finde den Baum zu groß!«, schimpfte ein anderer.

»Ich finde ihn zu grün!«, rief ein weiterer.

»Und ich will einfach nur mitmachen«, sagte Kim, die kleine Renwichteline. Sie hatte eine Schere und begann in einem Affenzahn, die Nadeln vom Baum zu schneiden.

Der Nussknacker stieg aus dem Fenster zu Frohbold und half ihm. Sie sägten! An der Spitze! Vom wunderschönen Weihnachtsbaum auf unserem Weihnachtsmarkt!

Gerade kam der Bürgermeister aus dem Rathaus. Er hatte Feierabend und strebte auf den Stand mit den

Bratwürsten zu. Als er mich entdeckte, lächelte er. »Na, Kind? Ist es nicht herrlich auf unserem Weihnachtsmarkt?« Dann bemerkte er das Chaos. »Was …«, sagte er. »Was ist hier los?«

Leider konnte ich mich gerade nicht mit ihm unterhalten. Ich kroch an ihm vorbei in den Baum und kletterte ein kleines Stück daran hoch. »Aufhören! Frohbold! Ihr müsst sofort aufhören!«, rief ich.

»Wir haben gerade erst angefangen!«, rief Frohbold.

Was sollte ich tun? Ja klar, ich wollte Freddi immer noch loswerden und allein mit Papa Weihnachten feiern. Aber jetzt war es wichtiger, Frohbold zu stoppen. »Ihr sollt Weihnachten vorbereiten, nicht zerstören«, sagte ich. »Man muss nun mal aushalten, dass andere Weihnachtswesen anders sind als man selbst. Willst du lieber allein auf der Welt sein?«

»Päh!«, machte Frohbold nur.

»Ihr sollt Liebe, Freude und Wärme verbreiten. Diese Prügelei ist so was von …« Ich suchte nach dem schlimmsten Wort, das mir einfiel. »… so was von UNWEIHNACHTLICH!«, rief ich.

Ein lautes, erschrockenes Einatmen ging durch die ganze Truppe. Etwas derart Schlimmes hatte noch nie jemand zu ihnen gesagt. Die ersten Weihnachtswesen kamen wieder zu sich. Sie hielten inne, mitten in der Schlägerei, und wunderten sich darüber, dass sie gerade dabei waren, ihrem Gegenüber an den Nadeln zu ziehen.

Doch Frohbold war nicht so leicht zu stoppen. Ich kletterte noch ein Stück höher und bekam die Säge zu fassen. Zu spät. Schon sauste die Spitze vom Tannenbaum zu Boden. Am Bürgermeister vorbei und riss ihm die Aktentasche aus der Hand.

Nun war auch Papa am Baum angekommen. Er erwischte mich genau, als ich mit der Säge unter den langen Ästen hervorkroch.

In diesem Moment wurde es zappenduster. Der komplette Strom vom Weihnachtsmarkt war weg. Kein Licht, keine Musik, kein Gebrutzel in den Pfannen. Stille und Dunkelheit.

Papa und ich sahen uns um. Die meisten Menschen waren ja schon geflohen, als die Wüstenei begonnen hatte. Alle anderen gingen jetzt.

Zwei Kinder kletterten vom Karussell, weil es einfach stehen geblieben war. »So ein Pech«, sagte ihre Mutter. »Ausgerechnet heute, wo wir ein Mal auf dem Weihnachtsmarkt sind, ist Stromausfall.« Die beiden Kinder weinten.

Von der anderen Seite des Weihnachtsmarkts kam Paula durch die Dunkelheit. Sie hielt die Taschenlampe ihres Handys hoch. Mit der einen Hand. Mit der anderen hielt sie Freddi am Arm fest. »Ich habe ihn erwischt, wie er am Hauptschalter rumgespielt hat«, sagte sie. »Mein kleiner Freddi hat den ganzen Weihnachtsmarkt lahmgelegt.« Fassungslos schüttelte sie den Kopf.

»Und die liebe Lolika hat die Spitze vom großen berühmten Weihnachtsbaum abgesägt«, gebärdete Papa. Er sah genauso fassungslos aus.

Der Bürgermeister kam auf uns zu. »Wer war das?«, fragte er.

Wer gibt nicht auf?

Na, wer wohl.

Das Ende unseres Weihnachtsmarktbesuchs erspare ich euch in allen Einzelheiten. Es gab ÄRGER. Papa und Paula waren der Meinung, dass Freddi und ich den Weihnachtsmarkt in Schutt und Asche gelegt hätten. »Die beiden streiten seit einem Monat rum«, berichtete Papa dem Bürgermeister.

Paula übersetzte es für den Bürgermeister. »Sie glauben gar nicht, wie viele Streiche wir in den letzten Wochen ausbaden mussten«, fügte sie noch an. »Wir haben immer das Beste draus gemacht, aber jetzt reicht es.«

Der Bürgermeister kannte sich mit frechen Kindern aus, denn er hatte selbst welche zu Hause. Trotzdem meldete er Bedenken an. Er konnte sich beim besten Willen nicht vorstellen, dass zwei Kinder so viel Schaden anrichten könnten. »In unserer Stadt geht es an Weihnachten eben ein bisschen zauberhaft zu«, stellte er fest.

Aber Paula und Papa waren sich ihrer Sache ganz si-

cher. Freddi und ich versuchten gar nicht erst, sie vom Gegenteil zu überzeugen.

Und dann passierte etwas, das viel schlimmer war als Schimpfen und Strafe: Die beiden sagten gar nichts. Wir gingen schweigend nach Hause. Dort packte Paula ihre Sachen schweigend wieder in die Umzugskisten.

Papa half ihr, ohne ein Wort oder einen Blick für mich übrig zu haben.

Noch am selben Nachmittag hielt Tante Hedi in ihrem kleinen roten Auto vor unserer Tür. Sie sah wirklich streng aus. Und sie hatte einen Knecht Ruprecht, das hätten wir uns denken können.

»Bitte, danke«, sagte Freddi vorsichtshalber zu ihm.

Der Knecht Ruprecht nickte zufrieden.

Paula und Papa umarmten sich.

»Sie können es nicht«, meinte Papa.

»Doch, sie können es. Aber sie *wollen* es nicht«, sagte Paula.

Dann fuhr das kleine rote Auto los. Freddi drehte sich im Auto um und winkte mir, während sie immer kleiner wurden. Papa und ich sahen ihnen nach, bis sie mit ihrem Auto um die Ecke bogen.

Kalter Wind zog durch unsere Straße, es war dunkel. Papa machte ein sehr ernstes Gesicht. »Ich habe genug von allem, das mit Weihnachten zu tun hat«, gebärdete er. »In diesem Jahr gibt es keinen Baum. Keine Geschenke. Keine riesigen bunten Teller. Keine lustigen Spiele. Keine schöne Dekoration. Und auch keine DENNY-BRÖSEL-SHOW. Weil Weihnachten in diesem Jahr – ausfällt.«

Ich starrte ihn an. Fassungslos.

»Ach so, und ich mache auch keinen Braten«, sagte Papa. »Paula und ich holen uns Pizza.« Dann drehte er sich um und ging ins Haus. Ich habe es euch ja am Anfang schon erzählt – mein Papa ist sehr lieb, aber wenn er sauer ist, ist er sauer. Und wenn er etwas sagt, dann macht er das auch. Das ist keine leere Drohung oder so. Und man kann ihn auch nicht mehr umstimmen.

WEIHNACHTEN HATTE SICH ERLEDIGT.

Ich stand auf der Straße und blickte auf unser Haus. Auf unser gemütliches kleines Haus, das ich so verteidigt hatte. Jetzt hatte ich alles erreicht, was ich wollte. Wir waren wieder allein in unserem Haus. Doch es fühlte sich überhaupt nicht gut an. Es war gar nicht das, was ich wollte. Aber das merkte ich jetzt leider zu spät.

Am Abend putzte Papa sehr gründlich. Das macht er immer, wenn er seine Gedanken sortieren muss. Oft geht es ihm danach besser. Bloß an diesem Tag klappte es anscheinend nicht, denn er war danach immer noch traurig. Unser Haus roch nach Putzmitteln und nicht nach Keksen und Weihnachtsbraten und Tannennadeln.

Ich blieb in meinem Zimmer, legte mich aufs Bett und dachte nach. Ich war so wütend auf Frohbold! Gleichzeitig machte ich mir Sorgen, denn ich hatte ihn nicht mehr gesehen, seit er die Spitze vom Weihnachtsbaum abgesägt hatte.

Endlich kam er nach Hause, mit einem blauen Auge, da hatte ihn die Teigrolle eines Keksleins erwischt. Er sah zufrieden aus und warf sich neben mich auf mein Kopfkissen. »Puh, das war anstrengend. Die haben ganz schön ausgeteilt, die anderen. Aber wir haben gewonnen, Lolika! Weihnachten sind wir wieder allein«, sagte Frohbold und lachte. »Wir können mit Papa DIE DENNY-BRÖSEL-SHOW gucken. Alles wird sein wie immer.«

Ich drehte mich von ihm weg. »Hast du's noch nicht gehört?«, fragte ich. »Weihnachten fällt aus.«

»Was?«, rief Frohbold. »Gerade jetzt, wo wir unser schönes Weihnachten zurückhaben?«

Verstand dieser kleine Lamettaling denn wirklich so wenig von Weihnachten? »Wir haben unser schönes Weihnachten nicht zurück. Weil mein Papa traurig ist. Und deshalb wäre es sowieso kein schönes Weihnachten geworden«, sagte ich. »Aber jetzt fällt es ja sowieso aus.« Da trommelte Frohbold mit den Fäusten auf mein Kopfkissen wie ein wütendes Kleinkind. »Ich will Weihnachten feiern!«, rief er.

Was sollte ICH denn sagen? Ging mir schließlich genauso. »Wir haben es gründlich verdorben, dieses Weihnachten. Daran sind wir selbst schuld.«

»Meinst du?«, fragte Frohbold erschrocken.

»Klar. Wir haben die ganze Zeit rumgestritten und nur an uns gedacht. Dabei ist Weihnachten doch ...«

»... das Fest von Liebe, Freude und Wärme«, ergänzte Frohbold. »Weiß ich selber.«

Ich war so traurig und wütend, dass ich einfach eingeschlafen bin. Mit Anziehsachen auf dem Bett.

Am nächsten Morgen, als ich aufwachte, klopfte kein Briefli an mein Fenster. Kein Kuschelmurkel wollte mir eine Mütze aufsetzen, und kein Weihnachtsengel sortierte die Kekse. Kein Tannenmännchen kämmte die Nadeln unseres Baums. Es war still. Am liebsten wäre ich in die Schule gegangen, und das will was heißen, denn dann hätte ich Papas enttäuschtes Gesicht nicht sehen müssen.

Ich war traurig wegen Denny Brösel und Weihnachten. Aber mein Papa? Der war traurig wegen MIR. Wegen Lolika, dem wichtigsten Menschen in seinem Leben. Das konnte ich kaum ertragen. Das war noch nie vorgekommen. Deshalb blieb ich in meinem Zimmer, das jetzt wieder mir ganz allein gehörte. Ich räumte auf, obwohl das sonst immer mein Papa machte. Freddis Matratze brachte ich wieder in die Kammer. Dabei fand ich seine Kochschürze. Ich band mir die Schürze um und räumte und putzte in meinem Zimmer herum. Frohbold sollte etwas Weihnachtsdekoration für mich zaubern, doch er war so niedergeschlagen, dass er nur kleine schwarze Weihnachtskugeln hinbekam. Ich versuchte, Freddis Sterne zu basteln, doch nicht mal das klappte, weil ich nicht basteln kann.

Die ganze Zeit über versuchte ich, nicht daran zu denken, dass es der 23. Dezember war. Und dass ein gewisser Fernsehkoch im Studio auf mich wartete. Es hatte schließlich keinen Sinn, zu Denny Brösel zu gehen und ihm einen Gruß in Gebärdensprache beizubringen, denn Papa und ich würden die Sendung sowieso nicht gucken.

Der nächste Morgen war der Weihnachtsmorgen. Der ultimative Morgen des Jahres. MEIN MORGEN, sozusagen. Aber in diesem Jahr? Der schlimmste Morgen, den man sich vorstellen konnte. Ich zog die Gardinen auf. Es schneite! Unser Vorgarten und die Blautanne – alles war von einer weißen, weichen Schicht überzogen. Sanft schwebten ein paar dicke Flocken herab. Ausgerechnet in diesem Jahr gab es weiße Weihnachten, dabei hatte ich gar nichts von dem schönen Gefühl. Frohbold und ich guckten aus dem Fenster und beobachteten, wie die Welt langsam weiß wurde.

Ich dachte an Denny Brösel. Bestimmt hatte er gestern auf mich gewartet und sich gewundert, warum ich nicht vorbeikam. Heute würde die Weihnachtssendung laufen. Ohne Gruß an meinen Papa.

Übrigens zog Papa es wirklich durch. Wir hatten keinen Baum, kein feines Essen, keine Lebkuchen, kein Tannengrün, keine roten Blumen, keine gute Laune. Er war immer noch am Putzen und Räumen, seit zwei Tagen, mittlerweile war er auf dem Dachboden angekommen. Er trug Paulas Weihnachtskiste in den Flur, die hatte sie bei uns vergessen.

Ich stellte mir vor, dass Paula und Freddi genauso traurig waren wie wir. Für sie war es noch schlimmer, denn sie waren nicht mal zu Hause, sie hockten bei der strengen Tante Hedi und ihrem Knecht Ruprecht im Wohnzimmer auf einer Luftmatratze.

Frohbold weinte ein bisschen. »Wer hat bloß die

Spitze vom Weihnachtsbaum abgesägt? Und eine Prügelei auf dem Weihnachtsmarkt angezettelt?«, fragte er. »Wenn ich den Kerl erwische ... Oder den Engel, der das Licht ausgemacht hat.« Er blickte mich schuldbewusst an. »Weihnachtswesen sollen doch Liebe, Freude und Wärme verbreiten. Aber wir ...?« Darauf folgte ein langer Schluchzer.

Ich betrachtete den kleinen Lamettaling, wie er so niedergeschlagen am Fenster hockte. »Unser Weihnachten können wir nicht mehr retten. Aber was hältst du davon, wenn wir ein bisschen Liebe, Freude und Wärme verteilen?«, sagte ich.

»Wie denn?«, fragte er zurück, und die Lichterkette auf seinem Kopf blinkte.

»Erzähl ich dir gleich«, sagte ich und schlüpfte in meinen Schneeanzug. »Los, komm!«

»Wohin?«, fragte Frohbold erstaunt. Er hörte auf, zu weinen, und schnaubte in einen Zipfel meiner Gardine.

»Wirst du schon sehen.«

Ich holte den Schlitten aus dem Keller, rannte in mein Zimmer und nahm eine Überraschung für Freddi aus meinem Schrank. Dann schnallte ich Paulas Weihnachtskiste auf den Schlitten. »Ich bringe Paula und Freddi ihre Weihnachtssachen«, erklärte ich meinem Papa.

»Na dann mal zu«, gab er nur zurück.

Ich zog los. Frohbold setzte sich auf die Kiste. Es war kalt und weiß und still. Ich lief die Straße entlang,

und mein Schneeanzug raschelte, weil ich so schnell lief. Kurt war gerade dabei, den Weihnachtsbaum im Wohnzimmer zu schmücken.

Als Hella Schein uns erblickte, winkte sie zaghaft. »Schöne Weihnachten wünsche ich euch!«, sagte sie traurig. »Es ist gar keine Weihnachtsstimmung in diesem Jahr. Weil wir alle verkracht sind.«

»Wir verteilen etwas Liebe, Freude und Wärme«, erklärte Frohbold stolz.

Hellas Gesicht leuchtete auf. »Sehr gut«, sagte sie. »Ich mach mit.« Sie setzte sich zu Frohbold auf den Schlitten.

Bei Familie Barbarini rannten alle drei Kinder in Weihnachtsschlafanzügen durch die Wohnung. Die Eltern stiegen gerade mit Einkaufstaschen aus dem Auto, und aus dem Autoradio dudelte Weihnachtsmusik. Es sah gemütlich aus. Ich ging schnell weiter.

Es fühlte sich seltsam an, am Weihnachtsmorgen durch die Stadt zu laufen, und überall waren weihnachtliche Vorbereitungen im Gange, nur bei uns nicht. Ich bekam eine komische Ahnung. Vielleicht ging es bei Weihnachten gar nicht darum, ob man Braten oder Kartoffelsalat isst, ob man einen Weihnachtsbaum hat oder nicht, ob man Lieder singt oder Musik aus dem Radio hört, ob man Glitzer mag oder nicht. Und so weiter. Vielleicht ging es um etwas ganz anderes?

Das Tannenmännchen hockte verloren in einer Tanne. Als es uns sah, schwebte es heran. »Seid ihr auch so mies drauf?«, fragte es.

Wir nickten. Hella Schein erklärte ihm, dass wir etwas Liebe, Freude und Wärme verteilen wollten. Das Tannenmännchen freute sich und setzte sich zu den anderen auf den Schlitten. Unterwegs schlossen sich weitere Weihnachtswesen an und folgten uns. Also eigentlich mir. Irgendwie dachten sie, dass ich das Ganze wieder in Ordnung bringen würde.

Es wurden immer mehr. Die Weihnachtswesen umschwirrten mich und redeten alle durcheinander. Deshalb konnte ich auch nicht darüber nachdenken, was ich sagen sollte, wenn wir ankamen.

Tante Hedi wohnt ganz unten im Erdgeschoss eines Hauses. Als wir vor ihrer Wohnung standen, blickte ich durchs Fenster und sah, wie Freddi im Wohnzimmer auf der Luftmatratze saß und Sterne faltete. Schneesine lag eingerollt zwischen den Bastelsachen und döste vor sich hin.

Ich klopfte ans Fenster.

Wer hat mal wieder eine gute Idee?

Ich natürlich. Ist ja logisch.

Ich klopfte noch mal. Freddi guckte hoch und stand von seiner Luftmatratze auf, ganz langsam wie ein Opa. Er war wohl wirklich traurig, und außerdem übertrieb er gern ein bisschen. Gebückt lief er herüber und öffnete das Fenster. Und da waren wir!

Tannenmännchen und Lichtelchen, Lamettalinge und Weihnachtsengel, Kekslein und Kuschelmurkel. Und noch viel mehr Weihnachtswesen. Das Tannenmännchen zauberte eine Girlande aus Tannengrün, und Hella Schein wickelte eine Lichterkette darum. Frohbold zauberte bunte Weihnachtskugeln und rote Schleifen an die grüne Girlande. Es sah schön aus. Weihnachtlich. Feierlich.

Ich reichte Freddi die Weihnachtskiste durchs Fenster. »Hier, eure Weihnachtssachen. Damit ihr es wenigstens ein bisschen gemütlich machen könnt. Guck mal rein«, sagte ich.

Freddi stellte die Kiste ab und öffnete sie. Obendrauf lag mein blauer alter Weihnachtspulli, der mir nicht mehr passte. Der mit dem Schneemann und den Tieren drauf.

»Für dich«, sagte ich.

Freddi riss die Augen auf. Er staunte. »Äh, also …« Weiter kam er nicht.

Denn Schneesine sauste an ihm vorbei. »Frohbold!«, rief sie. »Wo warst du denn so lange? Ich warte hier und warte …«

»Ähm, ja, Entschuldigung«, sagte Frohbold. »Ich …« Aber schon hatte er zwei Engelsflügel im Gesicht, denn Schneesine umarmte ihn.

Die beiden fielen sich in die Arme. Könnt ihr euch das vorstellen? Nach dem ganzen Theater, das sie gemacht hatten!

»Wir Armen!«, rief Frohbold. »Jetzt haben wir gar kein Weihnachten mehr.«

»Wir sind so fürchterlich schlimm dran«, jammerte Schneesine. »Wie können sie uns das nur antun?«

»Wir sind schließlich Weihnachtswesen«, klagte Frohbold.

»Ganz genau. Du sagst es«, schluchzte Schneesine.

Freddi und ich sahen uns an. Das war doch nicht zu fassen!

»Wenn ihr nicht den Weihnachtsmarkt in Schutt

und Asche gelegt hättet, wäre das alles nicht passiert«, sagte ich.

»Ihr habt angefangen«, meinte Frohbold.

»Mit eurer ständigen Streiterei«, meinte Schneesine.

»Aber wir haben keine Kekse auf dem Teller festgeklebt«, sagte Freddi.

»Und keine Adventskalender ausgekippt«, sagte ich.

»Trotzdem«, sagte Frohbold. »Es ist doch egal, wer es war. Das sagst du doch selbst immer, Lolika. Wir müssen es jedenfalls ausbaden.«

»Die Welt ist schlecht«, sagte Schneesine.

Freddi und ich sahen uns an. Und mussten lachen. Es war so lustig, wie diese beiden kleinen Wesen, die sich eben noch geprügelt hatten, plötzlich gemeinsam ihr Elend beklagten. Außerdem – wenn alles besonders ernst ist, muss man manchmal ganz doll lachen, kennt ihr das?

Vor Lachen trampelte Freddi mit den Beinen auf dem Boden. Ich trommelte mit den Händen auf meinen Skianzug und drehte mich im Kreis. Wir lachten und lachten. Schneesine und Frohbold sahen uns mit ernsten Gesichtern zu. Und dann fingen sie wieder an, laut zu klagen. Freddi und ich mussten gleich wieder loslachen.

Tante Hedi streckte den Kopf ins Wohnzimmer. Hinter ihr schwebte ihr Knecht Ruprecht. »Na, ihr frechen Gören? Erst mal Guten Tag sagen. Und sich vorstellen«, sagte er.

Das machte ich auch alles, und deshalb dachte Tante Hedi, ich sei ein besonders artiges Mädchen.

»Komm doch rein«, sagte sie. Und da kletterte ich einfach durchs Fenster in ihr Wohnzimmer.

»Wir haben auch eine Tür«, sagte sie.

»Das ist schön für euch«, sagte ich.

Davon mussten wir gleich wieder lachen.

Tante Hedi ahnte nicht, dass noch ein ganzer Haufen Weihnachtswesen mitkam und ihr Wohnzimmer sich füllte. Aber Knecht Ruprecht sah den vielen Besuch und wurde sehr aufgeregt, denn ihr wisst es ja jetzt: Weihnachtswesen können sich nicht immer so gut benehmen, wie man denkt.

Kaum war Tante Hedi aus dem Zimmer gegangen, streckte Paula den Kopf durch die Tür. Sie betrachtete uns einen Moment, schüttelte den Kopf und ging wieder. Davon mussten wir gleich wieder lachen.

»Wollt ihr Kakao, ihr kleinen Rotznasen?«, fragte Knecht Ruprecht.

Ja, das wollten wir! Er zauberte uns zwei Tassen mit dampfender heißer Schokolade. Ruprecht hatte schon von der Prügelei auf dem Weihnachtsmarkt gehört. Er setzte sich zu uns auf den Boden und wollte alles ganz genau wissen. Ich muss sagen, er war ein guter Zuhörer.

»Ihr wart ja nicht gerade artig«, stellte Knecht Ruprecht fest. Wir schwiegen, denn er hatte recht.

»Wir auch nicht«, sagte Schneesine.

Die Weihnachtswesen seufzten und nickten. Knecht Ruprecht räusperte sich und strich durch seinen Bart. Er schien nachzudenken. »Was haltet ihr von der guten alten Entschuldigung?«, fragte er.

Eine Entschuldigung? Es war so einfach, dass ich nicht drauf gekommen war. Ich konnte mich bei Papa entschuldigen.

Ich verrate euch mal etwas über Knecht Ruprechte: Sie sind etwas streng, was gutes Benehmen angeht, aber sie haben das Herz am rechten Fleck. Und manchmal kann man ruhig machen, was sie sagen, denn es ist nicht alles falsch.

»Ihr solltet euch etwas ganz besonders Schönes ausdenken«, sagte Knecht Ruprecht. »Ein paar nette Worte tun es nicht, bei so einer … na ja, Sache, die ihr da angestellt habt.«

Etwas ganz besonders Schönes? Kein Problem! Ich blickte auf die alte Standuhr, die im Wohnzimmer von Tante Hedi stand. Es war fast halb zwölf! Ich sprang auf. »Ich habe eine Idee. Eine richtig gute. Bloß wir müssen uns ganz doll beeilen.«

Freddi zog sich den Weihnachtspulli über, und er passte ihm genau. Er ist ja kleiner als ich. Dann holte er seine dicken Sachen.

Frohbold umarmte meinen Hals und blickte die anderen an. »Meine Lolika rettet Weihnachten«, sagte er stolz.

»Ein Glück!«, rief Schneesine und umarmte ebenfalls meinen Hals. »Ich will einfach nur Weihnachten feiern«, schluchzte sie. »Ich wäre sogar bereit, einen Weihnachtsbaum zu ertragen.«

»Und ich wäre bereit, auf einen Weihnachtsbaum zu verzichten«, sagte Frohbold.

»Nein, mit Baum. Hauptsache, Weihnachtsfest«, jammerte Schneesine.

»Nein, lieber ohne Baum, du willst ja keinen«, sagte Frohbold.

»Ach, egal. Dann haben wir eben einen Baum«, seufzte Schneesine.

»Nein, nein«, sagte Frohbold. »Wenn du nicht willst, haben wir eben keinen Baum.«

»Doch, doch. Ich kann es aushalten. Wir haben einen Baum.«

»Nein, wirklich. Ich möchte das nicht. Wir machen es so, wie du es willst«, sagte Frohbold.

»Ach ja? Und ich möchte, dass wir es so machen, wie du es willst. Mit Baum«, sagte Schneesine recht laut.

»Ich will keinen Baum!«, rief Frohbold aufgebracht.

Und da gingen wir ganz schnell los, bevor die beiden wieder anfingen, zu streiten.

»Die Tassen!«, sagte Knecht Ruprecht.

Wir brachten die Tassen in die Küche und wuschen sie ab und bedankten uns für seinen Vorschlag. Dann rannten wir los. Alle zusammen. Na ja, die meisten von uns schwebten. Nur Freddi und ich rannten.

»Jetzt aber schnell!«, sagte ich, denn es wurde richtig knapp, und bis zum Fernsehstudio brauchten wir eine ganze Weile.

Wer schafft es fast nicht?

Wir! Freddi und ich.

Während wir zur Straßenbahn rannten, erklärte ich den Weihnachtswesen, was sie tun sollten. Das Tannenmännchen, der Kuschelmurkel und die Hälfte der ganzen Schar schwirrten los, um den ersten Teil unseres Plans zu erledigen. Ich hoffte sehr, dass sie trotz ihrer Aufregung einigermaßen zugehört hatten. Und dass sie genau machten, was ich gesagt hatte. Weil sonst konnten wir nämlich den zweiten Teil vom Plan vergessen.

Die andere Hälfte der Schar begleitete uns, angeführt von Frohbold und Schneesine. Freddi und ich fuhren mit der Straßenbahn Nummer 21, und dann stiegen wir in die Straßenbahn Nummer 9.

Ich verrate euch mal was über Weihnachtswesen: Nein, sie fahren nicht mit öffentlichen Verkehrsmitteln. Sie fahren weder Bus noch Bahn. Denn wer schweben kann, braucht das nicht. Sie sausen lieber draußen rum.

Vor dem Fernsehstudio stiegen wir aus der Straßenbahn aus und rannten weiter. Die Zeit raste, denn um 13 Uhr begann DIE DENNY-BRÖSEL-SHOW. Wir hetzten die Straßen entlang und in die Eingangshalle.

Der Pförtner fing uns ab, mal wieder.

»Wir müssen zu Denny. Wir haben einen Termin mit ihm!«, rief ich.

Der Pförtner guckte nur streng. »Das war gestern. Denny hat *gestern* auf dich gewartet. Hier unten. Obwohl er so ein beschäftigter Mann ist. Jetzt ist es zu spät. Die Sendung fängt in zehn Minuten an.«

»Ich habe auch gewartet!« Das war Jimmy Glitzer. Er sah enttäuscht aus. »Du wolltest doch Verstärkung mitbringen, Frohbold, und mir helfen, das Studio zu dekorieren.«

Frohbold sah ganz erschrocken aus. »Entschuldige! Hab ich vergessen. Es ist was dazwischengekommen«, sagte der kleine Lamettaling.

»Hab's schon gehört, die Prügelei auf Weihnachtsmarkt«, sagte Jimmy.

»Aber jetzt sind wir hier und können sofort loslegen«, sagte Frohbold. Er winkte Hella Schein und ein paar andere Weihnachtswesen heran.

Sofort strahlte Jimmy wieder. »Dann nichts wie los! Wir haben noch neun Minuten«, rief er.

»Moment mal, was ist mit uns?«, fragte ich.

»Was soll mit euch sein?«, fragte der Pförtner.

»Das haben wir gleich«, sagte ein Kekslein.

Es zauberte ein herrliches Lebkuchenherz in das Büro des Pförtners. Mit blauer Schrift stand dort: »Unser Pförtner ist der Beste!« Begeistert betrachtete der Mann den Lebkuchen, und achtete nicht mehr auf uns

Wir schlichen hinter seinem Rücken durch den Eingang. Schnell huschten wir durch die Drehtür und rannten den langen Flur entlang, bis zum Studio A. Jimmy Glitzer flog voran und zeigte uns den Weg.

Wir stoppten vor einer großen Metalltür. Das Schild ACHTUNG AUFNAHME leuchtete bereits rot. Wir zogen die schwere Tür auf und betraten das Studio. Es war ein riesiger Raum, so groß wie unsere Turnhalle. Es war ganz dunkel hier und sehr warm. Überall standen große schwarze Geräte herum, das waren Scheinwerfer und Kameras. Nur auf einer Seite war es hell und bunt, denn da stand Dennys Küche.

»Denny?«, fragte ich aus dem Dunkel heraus.

Sofort drehten sich alle Leute zu uns um. Die Regisseurin eilte auf uns zu. »Kinder, hier ist gleich eine Aufnahme.«, fragte sie leise, aber freundlich.

»Wir müssen zu Denny.«

»Das geht jetzt nicht. Setzt euch still in die Ecke, und guckt zu.« Sie zeigte auf ein paar Stühle.

»Wir wollen nicht zugucken!«, sagte ich. »Wir wollen zu Denny. Es ist wirklich wichtig!«

Die Regisseurin sah mich erstaunt an.

»Bist du Lolika?«, fragte eine mir wohlbekannte Stimme.

Denny Brösel stand vor mir. Er sah genauso nett aus wie im Fernsehen. »Wir waren doch gestern verabredet, Mäuschen«, sagte er. »Jetzt kann ich deinen Gruß nicht mehr lernen.«

»Ich weiß«, sagte ich. Mir fielen Knecht Ruprechts Ermahnungen ein. »Entschuldigung, aber gestern ging's nicht. Weil wir Unsinn angestellt haben«, erklärte ich. »Kann ich den Gruß selber sagen?«

Denny und die Regisseurin sahen ziemlich überrascht aus. »Das geht leider nicht«, sagte die Frau. »Die ganze Sendung ist perfekt durchgeplant. Wir haben ein ganz besonderes Menü.«

»Aber ich muss mich bei meinem Papa entschuldigen. Weil ich was Schlimmes gemacht habe. Bitte!«

»Leute, es geht los!«, rief der Kameramann von hinten. »Wo bleibt Denny?«

»Ich muss mich bitte auch entschuldigen«, sagte Freddi. »Auch für was Schlimmes.«

»Das ist eine Kochsendung und keine Entschuldigungssendung«, stellte die Regisseurin fest.

Schneesine flatterte über der Frau herum. »Wenn's weiter nichts ist. Kochsendung kann ich.«

Deshalb schlugen wir Denny vor, dass wir was kochten. Er fragte, was wir so können.

»Die besten Plätzchen der Welt!«, sagte Freddi.

»Prima!«, sagte Denny. »Plätzchen kann ich nicht.«

»Und das geplante Weihnachtmenü?«, fragte die Regisseurin erschrocken. »Denny macht nämlich eine Soße aus Tannennadeln. Und Tee und Eis aus Tannenzapfen«, sagte sie stolz.

Denny winkte ab. »Das erkläre ich danach noch schnell. Zwei Kinder, die Plätzchen backen, passen gut in eine Weihnachtssendung.«

»Denny, bitte ab in deine Küche«, rief jemand.

Wir guckten ihn an. »Wir müssen Weihnachten retten«, sagte ich.

Denny grinste. »Wenn es so ist. Außerdem freue ich mich, wenn mal was Verrücktes passiert. Alles ist hier immer so gut durchgeplant, da wird mir langweilig.« Er nahm uns beide an den Händen und ging mit uns durchs Studio. Er hob seine Stimme, sodass sie richtig laut war. »Leute, das sind Lolika und …«

»Freddi«, sagte Freddi schüchtern.

»Die beiden machen heute mit. Sie bringen ein bisschen Weihnachtsstimmung in die Bude. Oder?«

Wir nickten, denn das stimmte genau. Eine Duftelfe verteilte bereits Weihnachtsmarktduft. »Hach, ich fühl mich richtig weihnachtlich«, sagte die Regisseurin.

Frohbold und Jimmy Glitzer hatten sofort losgelegt und das Studio verziert. »War der Baum nicht gerade noch ungeschmückt?«, fragte der Kameramann.

»Da musst du dich irren. Weil es sind ja Kugeln dran«, sagte der Beleuchter.

»Komisch, mir kommt es auch so vor, als ob es keine Lichterketten gegeben hätte«, meinte die Regisseurin. »Und wo kommt plötzlich das Lametta her?«

»Leute, ihr habt nicht richtig hingeguckt«, sagte der Beleuchter. »Es sieht genauso herrlich aus wie jedes Jahr.«

Der Kameramann und die Regisseurin zuckten mit den Schultern. Und Jimmy Glitzer kicherte glücklich.

»Zehn, neun, acht ...« Jemand zählte aus dem Hintergrund runter. Ich war SOOO AUFGEREGT, aber Denny blieb ganz ruhig.

»Aufnahme!«

Er guckte in die Kamera und begrüßte seine Zuschauer. »Ich habe euch ja eine Überraschung versprochen. Und ich halte mein Wort – heute gibt es einen besonderen Gruß für einen besonderen Menschen. Und außerdem backen wir – Plätzchen! Was gibt es zu

Weihnachten Besseres? Ich darf euch meine spannenden Studiogäste vorstellen.« Er ging aus dem Bild und holte uns in seine Fernsehküche. Mein Herz raste, als Denny erzählte, wer wir sind.

An dieser Stelle muss ich mal kurz springen. Nämlich woandershin. Davon haben mir das Tannenmännchen und der Kuschelmurkel später erzählt. Schließlich hätte unser Plan nicht funktioniert, wenn Papa und Paula die Kochshow nicht geguckt hätten. Weil Paula wollte ja an Weihnachten nicht ferngucken. Und Papa wollte es an diesem Weihnachten auch nicht. Wegen mir und so, ihr wisst schon.

Die beiden gingen spazieren, stapften durch den Schnee und redeten über Freddi und mich. Eine ganze Truppe Weihnachtswesen schwebte um sie herum, aber das konnten sie nicht wissen.

Das Tannenmännchen, der Kuschelmurkel und die anderen drehten unterwegs alle Fernseher in die Richtung von Papa und Paula. Also zum Beispiel die Fernseher bei den Leuten in unserer Straße, doch Paula und Papa bummelten einfach weiter.

Sie holten sich tatsächlich Pizza. Zu Weihnachten! Das Tannenmännchen stellte im Imbiss den Fernseher an. Der Verkäufer wunderte sich, warum von allein der Fernseher anging, aber Papa und Paula guckten gar nicht hin, sondern machten sich auf den Rückweg.

Da wurden das Tannenmännchen, der Kuschelmurkel und die anderen langsam ein bisschen ratlos. Sie stellten bei den drei neuen Fernsehern, die im Schaufenster vom Technikladen standen, das richtige Programm ein. Vorher lief Sport, und das Tannenmännchen schaltete um, damit Dennys Kochshow zu sehen war. Gerade lief der Anfang. Endlich blieb Papa stehen. Er wollte eigentlich nur ganz kurz hingucken, doch genau da holte Denny zwei Kinder ins Bild. Ihr wisst ja, wen. Erst mal staunte Papa, und dann lächelte er von einem Ohr zum anderen, so fröhlich, wie nur mein Papa lächeln kann.

Er nahm Paulas Hand und gemeinsam rannten sie zurück zum Imbiss. Papa schaltete den Fernseher wieder an. Paula erinnerte ihn, dass es ganz schön wäre, wenn er auch den Ton anstellte.

Die beiden saßen da und wunderten sich und wunderten sich. Ihre Pizza haben sie natürlich total vergessen. Denn da im Fernseher, in Papas liebster DENNY-BRÖSEL-SHOW, waren Freddi und ich zu sehen, wie wir in unseren Weihnachtspullis neben Papas Lieblingskoch standen. Und das konnten die Großen einfach nicht verstehen.

Ich weiß nicht genau, wer als Erster anfing, zu weinen. Papa meint, es war Paula. Aber ich kenne den Mann ja schon eine Weile – ich weiß ganz genau, dass er der Erste war.

ELEKTRONIKLADEN
PIZZA

Wer feiert Weihnachten anders als sonst?

Wir, die Wurschtel-Familie.

Nachdem Denny uns in seine Fernsehküche geholt hatte, standen wir schüchtern rechts und links von ihm. Aber Denny war so locker und normal, dass wir die Kamera gleich wieder vergaßen.

Jetzt legten wir los. Schneesine sagte Freddi genau, was er machen sollte, weil er ja eigentlich nicht backen kann. Unter Schneesines Anleitung knetete er einen sehr feinen Teig zusammen. Dieses Mal natürlich ohne Salz.

Ich stand neben ihm und übersetzte die ganze Sendung in Gebärdensprache. Als Erstes gebärdete ich heimlich: »Hallo, Papa und Paula!«

Denny guckte genau zu, wie Freddi backte, und Freddi gab ein bisschen an, als er Schneesines ganze Tricks und Kniffe weitergab. Mit kalten Fingerspitzen, nicht so viel kneten, die Butter in kleinen Flöckchen, und so weiter. Schneesine gab noch etwas von ihrem Weihnachtszauber in den Teig. »Das macht Weihnachtskekse so besonders«, erklärte sie. »Deshalb müssen sie selbst gebacken sein. Gekaufte Kekse enthalten keinen Weihnachtszauber.«

Als Freddi anfing, den Teig auszurollen, stellte sich Denny zu mir. »Also, Lolika. Du wolltest dich entschuldigen, weil …«, begann er.

»Nee, erst mal ich!«, rief Freddi.

Denny übernahm es, den Teig weiter auszurollen. »Dann lass mal hören, Freddi«, sagte er.

»Der Wasserschaden bei uns zu Hause war meine Schuld,« brachte Freddi hervor.«

»WAS?!«, rief ich.

»WAS?!«, rief Frohbold.

»Ui-ui-ui!«, sagte Denny.

»Ich hab den Schlauch von der Waschmaschine abgedreht. Weil ich den brauchte, für ein Experiment. Aber dann hab ich ihn nicht mehr ordentlich rangekriegt. Und dann habe ich vergessen, Mama Bescheid zu sagen. Und dann hat Mama die Waschmaschine angestellt, bevor sie zur Arbeit gegangen ist. Und dann kam sie wieder, und die Wohnung war ein Schwimmbad.«

»Ach du Schreck!«, rief der Kameramann laut rein.

Einen Moment lang vergaß ich sogar, für Papa zu übersetzen. Ich stellte mir vor, wie Papa und Paula total fassungslos vor dem Fernseher saßen.

Endlich konnte ich verstehen, was die ganze Zeit mit

Freddi los gewesen ist. »Deshalb hast du das mit dem Kalender und den Klebkuchen auf mich geschoben?«, fragte ich.

Freddi nickte. Er hielt die Teigrolle hoch. »Die Handwerkerin hat's gemerkt und gesagt, ich muss es Mama sagen, sonst macht sie das. Und da konnte ich nicht noch mehr Unsinn anstellen. Damit wir nicht bei euch rausfliegen und zu Tante Hedi müssen. Deshalb habe ich dir am Anfang alles in die Schuhe geschoben. Und dann musste ich eben aufpassen, dass es nicht noch mehr Ärger gibt.« Er wischte sich eine Träne weg.

»Puh, du Armer!«, sagte die Regisseurin.

»War bestimmt nicht schön, das so lange mit sich herumzutragen«, meinte Denny.

»Nee, überhaupt nicht«, sagte Freddi. »Es tut mir jedenfalls sehr leid.«

»Leute, auch ein bisschen auf die Plätzchen achten!«, rief Schneesine. »Der Teig muss hauchdünn sein.«

Schnell kümmerte sich Freddi wieder um die Plätzchen.

»Und was wolltest *du* sagen?«, fragte mich Denny.

»Ich muss mich unbedingt bei meinem Papa entschuldigen. Und auch bei Paula. Ich bin ein bisschen verwöhnt, weißt du?«, erklärte ich. »Aber das ist gar nicht meine Schuld, das war mein Papa. Ich will trotzdem, dass er ein schönes Weihnachten hat.« Ich überlegte, wie ich es erklären sollte. »Es geht nämlich gar nicht um Braten oder Kartoffelsalat.«

»Worum geht es dann?«, fragte Denny.

Die Leute im Studio guckten mich gespannt an. So genau wusste ich das auch nicht. »Ich glaube, es geht darum, dass man Zeit hat und dass man froh ist und sich wohlfühlt.«

Frohbold räusperte sich. »Und dass man das Leben ein bisschen wärmer und schöner macht, weil es draußen so dunkel und kalt ist. Also Liebe, Freude und Wärme verteilen«, sagte er, und ich musste es wiederholen.

»Aber vor allem«, sagte ich. »Vor allem geht es darum, dass man mit anderen zusammen ist, die man lieb hat«, erklärte ich.

Freddi verzog das Gesicht.

»Dich meine ich doch nicht!«, sagte ich sofort.

Freddi grinste schief. »Doch, damit meint sie mich.«

Ich verdrehte die Augen. »Mein Papa findet Weihnachten jedenfalls schöner, wenn unsere Wurschtel-Familie zusammen ist«, sagte ich. »Und ich finde es auch ganz okay. Es tut mir sehr leid, was alles passiert ist. Ihr wisst schon.« Vom Weihnachtsmarkt wollte ich jetzt nicht anfangen, vor allen Leuten.

Denny nickte. »Verstehe. Sehr klug. Heute kann man bei uns nicht nur kochen lernen, sondern auch was fürs Leben«, stellte er fest.

Als wir das erste Blech aus dem Ofen holten, biss Denny neugierig in ein Plätzchen. Und bekam große

Augen. »Mhm! Leute! Das sind die mit Abstand besten Plätzchen, die ich je gegessen habe!«

Schneesine bekam rote Wangen. Und Freddi lief mit einem Blech im Studio rum und bot allen was an.

Als die Sendung vorbei war, ging die Tür vom Studio auf. Und wer stand da? Na, wer wohl?

Mein Papa. Und Paula. Wir rannten zu ihnen.

Papa umarmte mich und bedankte sich für das weltbeste Weihnachtsgeschenk, das er je bekommen hatte. Und Paula umarmte Freddi und fragte ihn, warum er das mit dem Wasserschaden nicht gleich gesagt hatte. Das ist auch so eine Frage, die die Großen immer stellen. Dabei ist die Antwort ganz einfach: weil niemand gern Ärger bekommt.

Papa zeigte Denny ein paar Worte in Gebärdensprache, und dann wollte er noch ein Autogramm. Und Denny wollte ein Autogramm von Freddi und mir. Freddi sollte auch das Rezept aufschreiben, weil Denny die Plätzchen so gut fand. Schneesine diktierte es ihm.

Ach so, übrigens durften wir uns den Weihnachtsbaum aus dem Studio borgen. Weil sie ihn erst nächstes Weihnachten wieder brauchten. Wir stopften ihn in ein Taxi, zusammen mit meinem Schlitten. Unterwegs hielten wir erst am Imbiss und holten ganz viel Pizza. Die Leute dort klatschten, als wir reinkamen, weil sie uns ja gerade erst im Fernsehen gesehen hatten. Danach stoppten wir noch bei Tante Hedi und nahmen sie mit. Sie freute sich sehr, aber ihr Knecht Ruprecht freute sich noch mehr, dass er endlich mal wieder ein Weihnachten mit Kindern feiern würde.

»Ich bin aber verwöhnt«, sagte ich gleich zu ihm.

»Und ich bin nicht besonders gut erzogen«, erklärte Freddi.

»I wo! Da hab ich schon ganz andere Kinder gesehen. Ihr seid in Ordnung«, meinte Knecht Ruprecht.

An diesem Weihnachten war ALLES anders als sonst. Mit Pizza und einem künstlichen Weihnachtsbaum aus dem Fernsehstudio. Allerdings war es gar nicht so schlimm, wie ich gedacht hatte. Es war sogar richtig lustig. Papa zog seinen Weihnachtspulli wieder an und wir feierten Weihnachten mit der ganzen Wurschtel-Familie. Zu fünft, dachten jedenfalls die Großen. Nur Freddi und ich wussten, dass wir zu acht waren. Zwischendrin waren wir auch mal zwölf. Und sogar zwanzig. Weil ziemlich viele Weihnachtswesen vorbeischauten und die Neuigkeiten hören wollten.

Papa guckte die Sendung noch ungefähr hundert Mal in der Mediathek an, ich glaube, es ist sein Lieblingsfilm. Ach so, und wisst ihr, was? Über der Aufregung haben wir die Geschenke völlig vergessen. Das fiel uns erst am nächsten Tag wieder ein, als morgens ein paar Päckchen unter dem Baum lagen. Ich habe wirklich einen Teddy-Hausanzug und einen blinkenden Hula-Hoop-Reifen bekommen.

Paula und Freddi sind im Februar zurück in ihre Wohnung gezogen, als sie getrocknet und gestrichen war. Ich habe mein Zimmer wieder für mich, das ist schön. Aber wenn Freddi am Wochenende bei uns ist, kann ich es ganz gut aushalten. Na ja, eigentlich freue ich mich sogar. Und dass ich meinen Papa nicht mehr für mich allein habe, ist nicht so schlimm. Ich hab gar nicht mehr so viel Zeit für ihn, und es ist ganz gut, dass er sich ohne mich beschäftigen kann.

Denn weil Freddi und ich die Weihnachtwesen jetzt sehen können, müssen wir ihnen sehr viel helfen. Ständig kommt jemand an und will etwas von mir. Ich könnte das glatt als Beruf machen, aber ich gehe ja noch zur Schule.

Tja, jetzt ist es wieder Dezember, und Weihnachten kommt auf uns zu. Ich habe euch ja am Anfang gesagt, dass wir klüger sind, wenn auch nur ein bisschen. Sogar Frohbold und Schneesine sind klüger. Wenn die beiden sich mal wieder auf den Weihnachtskeks gehen und rumstreiten, erinnern wir sie an die Sache mit dem Weihnachtsmarkt, und dann hören sie sofort auf. Doch manche Dinge lassen sich einfach nicht klären – zum Beispiel die Frage: Lametta ja oder nein?

Ob wir dieses Weihnachten ohne Streit hinbekommen?

Mal sehen.

PIZZA
PIZZA

Möchtest du noch mehr weihnachtliche Geschichten lesen? Dann bekommst du hier eine Leseprobe aus dem Buch

EMMI UND EINSCHWEIN.
KEIN WEIHNACHTEN OHNE PUDDINGSCHUHE

Emmi und Einschwein haben darin Probleme mit dem Wunschwichtel, der ihre Wünsche unpraktisch findet und sich überhaupt ganz merkwürdig unweihnachtlich verhält. Und das ausgerechnet an Einschweins erstem Weihnachten!
Damit Weihnachten trotzdem wunderwonnig wird, muss so einiges passieren …
Viel Spaß beim Lesen!

Leseprobe

Als sie ankamen, stellte Emmi den Schlitten im Hausflur neben die Briefkästen, weil er nass war und tropfte. Und dort trafen sie den Postboten. Emmi kannte ihn schon. Er war klein und hatte kurzes Haar und sah immer so aus, als hätte er schlechte Laune. Beim Gehen hinkte er mit dem linken Bein. Sein Fabelwesen war ein Quakendes Katzenschwein. Diese Fabelwesen haben die Form eines Schweins, aber nur die Größe einer Katze, außerdem sind sie mit getigertem Katzenfell ausgestattet. Sie quaken viel und haben immer etwas zu meckern, aber im Herzen sind sie gute Wesen. Gerade warfen die beiden Briefe ein.

»Ach, du je!«, sagte der Postbote, als er Emmi sah.

»Guten Tag«, gab Emmi verwundert zurück.

Der Briefträger seufzte. »Es tut mir wirklich leid für euch«, sagte er.

»Was meinst du damit?«, fragte Einschwein.

»Das dürfen wir nicht sagen. Postgeheimnis«, wisperte der Briefträger.

»Aber eins ist sicher: Es bedeutet nichts Gutes«, quakte nun das Katzenschwein. Mit diesen rätselhaften Worten reichte es Emmi zwei graue Briefumschläge. Ein

Brief war an Emmi Brix in der Elfe-Sabine-Straße 7, in NO 55 Wichtelstadt adressiert. Der andere Brief war für Einschwein. Emmi wollte wissen, von wem die Briefe waren, aber der Briefträger und sein Katzenschwein seufzten nur.

Neugierig stürmten Emmi und Einschwein die Treppen nach oben.

3

Dieses Kapitel kann ja wohl nicht wahr sein!

Kaum hatte Emmi die Wohnungstür hinter sich zugeworfen, riss sie auch schon den grauen Brief auf. Was sie da sah, konnte sie nicht fassen. Das war nicht möglich! Ihr Mantel war klatschnass, und ihre Füße froren in den durchweichten Stiefeln, aber all das machte ihr nichts aus.

Einschwein zog an ihrem Schal. »Was ist das für ein Brief?«, fragte es.

»Er ist vom Wunschwichtel«, sagte Emmi und betrat erschrocken die Wohnküche.

»Zeig her«, sagte Meike. Sie nahm ihrer Schwester den Brief aus der Hand.

Papa zog Emmi den nassen Mantel aus, und Mama nahm Einschwein Mütze und Handschuhe ab. Alle umringten Meike, die den Brief vorlas. Er war mit dem Computer geschrieben.

Liebe Emmi,
Deine Wünsche sind sehr unpraktisch.
Möchtest Du lieber:
a) ein Set mit Töpfen? Die sind gerade im Angebot, und Du hast lange an ihnen Freude.
b) warme Socken?
Dein Wuschel

PS – Bitte schreibe Deinen Wunschzettel ab jetzt mit dem Computer, das kann ich besser lesen. Okay?

Das gab eine ordentliche Aufregung! Alle riefen durcheinander. Emmis Eltern konnten es gar nicht glauben und lasen den Brief mehrmals vor. Sie hatten es beide noch nie erlebt, dass Wuschel zurückgeschrieben hatte. Aber vor allem der Ton des Wunschwichtels war sehr merkwürdig. Irgendwie unweihnachtlich.
»Was soll ich denn mit Töpfen anfangen?«, rief Emmi wütend.
»Topfschlagen?«, fragte Einschwein.
Fiete brachte sein Holzschwert und meinte, er würde diesem Wuschel mal Manieren beibringen.
Meike wollte wissen, was überhaupt dieses PS bedeutet.
»Das ist eine Abkürzung für *Postskriptum*«, erklärte Mama. »Das kann man benutzen, wenn man noch et-

was dazuschreibt. Als letzten Satz. Weil es nicht zum eigentlichen Brief dazugehört.«

Emmi war so aufgebracht, dass es einen Moment dauerte, bis ihr wieder einfiel, dass ihr Schwein auch einen Brief bekommen hatte. Einschwein öffnete ihn, und Emmi las ihn laut vor.

Liebes Einschwein,
Deine Wünsche sind unpraktisch, weil sie Dir gar nichts nützen. Möchtest Du lieber:
a) warme Socken
b) ein Nachthemd mit einem Einhorn drauf?
Dein Wuschel

PS – Bitte schreibe Deinen Wunschzettel ab jetzt mit dem Computer, das kann ich besser lesen. Okay?

»Dieser Wuschel ist aber ganz schön komisch«, sagte Einschwein ärgerlich.

»Vielleicht hat er was Falsches gegessen«, meinte Henk. »Da kann man schon mal komisch werden.«

»Oder er hat einen Knall«, sagte Einschwein.

»Wuschel hat keinen Knall«, sagte Papa.

»Aber warum schreibt er dann Knall-Briefe?«, fragte das Schwein. Es war wirklich empört.

Ein wunderwonniges erstes Weihnachten für Einschwein!

Anna Böhm
Emmi und Einschwein.
Kein Weihnachten ohne Puddingschuhe
240 Seiten · Ab 8 Jahren
ISBN 978-3-7891-1375-8

Die Weihnachtsvorfreude steigt bei Emmi und Einschein. Doch kaum haben die beiden ihren Wunschzettel abgeschickt, kriegen sie ihn korrigiert zurück. Was ist bloß mit dem Wunschzettel-Wichtel Wuschel los? Er ist spurlos verschwunden. Auch Einschwein sorgt sich um Wuschel und zaubert nachtürlich im ungünstigen Moment Puddingschuhe. Aber mutig setzt Emmi alles daran, dass Einschwein trotz allem sein wunderwonniges erstes Weihnachten bekommt.

Einfach nur einschweinachtlich: Band 4 der fabelhaften Einschwein-Reihe.

Auch als eBook und Hörbuch

Oetinger

Weitere Informationen unter: **www.emmi-einschwein.de** und **www.oetinger.de**
Newsletter: **www.oetinger.de/newsletter**